聖誕歌聲
A CHRISTMAS CAROL
by CHARLES DICKENS

狄更斯　著
鄭永孝　譯

本書之翻譯與註解，參考 Michael Hearn 所編 An Annotated Christmas Carol
（1978），與 Michael Slater 所編英國企鵝版 A Christmas Carol （1972）

目次

狄更斯二十五歲畫像
（Samuel Lawrence 繪，1837）

狄更斯夫人 Catherine Dickens 畫像
（Daniel Maclise 繪，1842）

狄更斯畫像
（**Margaret Gillies** 繪，**1844** 年，**W.J. Linton** 轉刻銅雕）

狄更斯最後一次說書
（原載 1870 年 3 月 19 日 *The Illustrated London News*）

狄更斯在 Gad's Hill 家的書房
（W. Steinhaus 繪，1870 年）

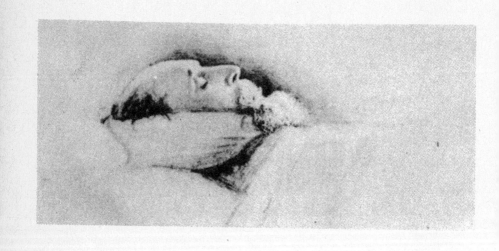

狄更斯遺像
（Sir J. E. Millias 繪，1870 年）

譯序

　　過去幾年，常用狄更斯的長篇小說做為小說課的教材，因此也不免注意到他作品的中譯本情形，發現他的重要小說皆有多種譯本，不過《聖誕歌聲》的全譯本卻找不到。這個故事常見的有節縮的中英對照本，給小朋友看的刪節插圖本，或漫畫本。這個一百六十多年來，一直深受西方人喜愛的故事，在台灣竟然不易找到完整的中文譯本，確實不可思議。

　　從相關書目，知道民國以來有兩種比較完整的《聖誕歌聲》譯本。一是民國十七年謝頌羔譯的《三靈》（上海，商務）。此版本略有刪節，不能算是全譯本。另外一個可惜尚未見到，是曾虛白譯的《慳人夢》，大約是在民國四十幾年出版的。不過這兩種譯本很難見到，更不用說欣賞了。

　　狄更斯雖然只用短短的六個多星期，就寫完這個故事，譯者所花的時間卻要長得多。要將作者精簡洗鍊的文筆以中文表達出來，並不容易。作者時而尖銳諷刺當時富人的自私，時而憐惜更多窮苦大眾的艱困生活。同時為了符合故事中鬼魂可以任意改變時空的特性，背景和時間往往瞬時變換，使得翻譯時流利的銜接更感困難。本書的英文註解本很多，最詳盡的首推 Michael Hearn 編註的 *An Annotated Christmas Carol*（1976），收集了一百多年來各家的註解，等於是集註本；凡是和故事有關的典故、背景、人物等，皆詳加解釋，為譯者

解決了不少疑難。由 Michael Slater 為英國企鵝公司所編的 *A Christmas Carol* （1972）也值得參考。譯者的中文註解，大部分取自 Hearn 的版本，少部分來自企鵝版，並在每個註解後的括弧內標出原註者的英文姓名以及原書頁碼。不過註解僅選擇對故事的瞭解與欣賞有關部分，並略加刪節。

　　任何譯文，與原作對照下，總很難滿意。譯者雖再三推敲與潤飾，仍然深感如此。只希望狄更斯對此佳節的崇敬與喜愛，能在譯文中重現。再者，譯者更迫切期望，中國文學作品裏，也能有一冊在除夕團圓時刻讓全家人共享的《聖誕歌聲》。

鄭永孝

民國八十四年十月

導讀

　　狄更斯的《聖誕歌聲》是一八四三年十二月十九日在倫敦出版。這個故事和他以往長篇小說最大的不同點是，篇幅不長，並且沒有在雜誌上連載。他花了六個星期，一口氣寫完，所以他的長篇小說經常被人詬病的缺點——拖泥帶水——沒有在此出現。狄更斯對此作品滿有信心，又因這時候他不太滿意他的老出版商 Chapman & Hall，所以只委託（on commission）該公司發行。他把小說設計得華麗又大方。封面和書緣都燙金，首頁更套上紅藍兩色、全書又有八幅插圖，出自著名插畫家李奇（John Leech）之手，其中有四幅還以手工套色。但是作者卻把書價壓低到只要五先令，相當便宜。

　　正如他所料，書出版以後，就洛陽紙貴。由於聖誕節即將來臨，助長銷售。到了十二月二十四日，出版商就告訴他，第一版的六千本已經銷售一空，而訂單從全國各地還是不斷湧進。他們已經準備第二版印兩千本。這本後來被謔稱為「聖誕節聖經」的瓌寶，受歡迎的程度，可見一斑。

　　本來狄更斯預期從第一版大約有一千鎊收入，以舒解他眼前的經濟窘境。不料他只拿到兩百三十鎊，大失所望。主因是定價太低，利潤有限。使他更痛心的是，一家不肖出版商 Parley's Illuminated Library，竟然在兩週後出版盜印本。狄更斯一氣之下，請律師提出控訴。法庭在上訴期間，命令盜印

本不准繼續出售。不料對方竟宣布公司破產倒閉，使狄更斯又要獨自負擔高達七百鎊的訴訟費用。不過作者為版權而對簿公堂，總算獲得精神上的勝利。

雖然狄更斯為了這本書幾乎是賠了夫人又折兵，但他最感安慰的是，絕大多數書評家都對《聖誕歌聲》讚譽有加。著名小說家薩克萊（William Thackeray）說：「對這樣一本書，誰能聽得下反對聲？我認為這是一件國寶，每個讀過的人皆深感受益良多。」（Johnson, 260）作者另一位朋友，相當有影響力的蘇格蘭文評家法蘭西斯・傑弗瑞爵士（Lord Francis Jeffrey）也來信說：「讓我祝福你的善心。您應該高興才對，因為毫無疑問的，這本短短的小說，是從一八四二年聖誕節之後，在每個基督教國家，比任何一個聖壇和告解室，做了更多的好事，培養更多善意，激發更多積極的善行。」（Johnson, 260）

再者，一般大眾對他小說熱烈的反應，也使狄更斯感到非常高興。例如有個美國工廠的老闆看了這個故事後，深受感動，就讓工廠的員工在聖誕節多休息一天（Ackroyd, 413）。這個故事廣受社會各階層喜愛，原因雖然很多，但其中所強調的為善主題，深深觸動了每個人的心坎。聖誕節不只是個吃喝玩樂的時刻，應該是勸人為善，親自為善，並能接受他人善意的規勸。因此故事的主題其實很傳統，並沒有脫離「知過能改」與「為善最樂」的範疇。薩克萊就說，讀這個故事，就像聽一次「慈善講道」（Charity Sermon）。

狄更斯的說書生涯

《聖誕歌聲》廣受歡迎的程度，從狄更斯後來開始說書時也以這個故事的反應最熱烈可茲證明。他第一次正式說書是在一八五三年底，應邀到伯明罕舉行。第一場在十二月二十七日，他就是選《聖誕歌聲》。隔天舉行第二場，他用另一個聖誕故事《爐上的蟋蟀》。第三場在十二月三十日，他又讀《聖誕歌聲》。狄更斯特別重視第三場，他要求主辦單位把這場留給工人，門票便宜到只要六便士。第一場雖然碰到暴風雪，還是湧進來約兩千人，接著兩場更是大爆滿。狄更斯本來就喜好演戲，說書讓他體驗了不同形式面對大眾的經驗。從此以後，說書成為他文學生涯中另一種表達方式，也是他晚年生活中最為人所津津樂道的表演。

狄更斯年輕時就非常著迷於戲劇演出。他在一八三二年還不到廿歲時，曾經到當時著名的劇院 Covent Garden 應徵演員。不料到面試那天，他因生病無法去應試。後來他的記者工作越來越順利，也就沒有再去應徵（Schilcke, 234）。他創作初期，曾寫過劇本，並且都在舞台上公演過。例如《奇怪的紳士》（*The Strange Gentleman*, 1836）演了兩個月；另外兩個 *The Village Coquette*（1836）和 *Is She His Wife*（1837）也正式上演過。據他說，曾有大約三年的時間，他幾乎每天都去看一個喜劇演員叫查爾士・馬修斯（Charles Mathews）（1776-1835）的表演，他表演一種單人雙簧，叫「在家」

（At Homes）。他獨自在台上用各種道具和服裝扮演不同的角色，有說，有唱，又模仿。唱作俱佳，維妙維肖，很受歡迎（Schlicke, 234）。這位藝人的表演形式對後來狄更斯的說書可能有不小影響。因為他的說書不用道具，也不換服裝，純粹是以表情和聲調來吸引聽眾。雖說狄更斯文名很盛，對他的說書也有幫助；不過要是他說得呆板沉悶，一定不會到處轟動，到美國表演時也同樣受到熱烈歡迎，甚至有人願意出一萬英鎊請他到澳洲演出；顯然他說書必有其過人之處。

其實早在一八四五年夏天，狄更斯到歐洲旅遊時，曾在義大利的熱那亞英國領事館內，當眾朗誦《聖誕歌聲》。此後他曾經為朋友、學校、慈善機構等籌款，義演過許多次，廣受歡迎，邀請他去表演的次數越來越多，使他對於自己說書的能力信心倍增。他正式收費演出，是從一八五八年四月二十九日開始，門票分成三種：五先令，二點五先令和一先令，算是中上價位，不過一般民眾的反應非常熱烈。狄更斯從四月二十九日起到七月二十二日，在倫敦演出十七場。接著從八月二日到十一月十三日，到英國各都市，包括蘇格蘭和愛爾蘭，演出八十三場。然後在十二月的聖誕季節，又在倫敦表演八場（Page, 15）。所以他在第一年的說書共達一百零八場。同時他也準備了長短不同的故事版本；不過受歡迎的還是他的早期作品。例如他另一個受大家喜愛的說書是取自《皮克威克外傳》（*The Pickwick Papers*, 1836）第三十四章的〈巴德爾訴皮克威克案審判〉（*Trial of Bardell against Pickwick*），通

稱〈巴德爾與皮克威克〉（*Bardell and Pickwick*）。他後來到美國說書以及他最後一次演出（一八七〇年三月十五日），也是以這兩個最叫座的節目為壓軸戲。根據 Philip Collins 的統計，狄更斯十二年的說書生涯共達四七二場，其中《聖誕歌聲》佔了一二七次，而〈巴德爾與皮克威克〉演出一六四次，兩者合計就高達二九一次。不過前者在說書時雖然也略有刪減，但所需時間比後者還是長得多。這兩個節目受歡迎的情形由此可見（Page, 268）。

　　《聖誕歌聲》受大眾喜愛的現象，也可以從搬上銀幕的次數看出。據 Norman Page 的統計，到一九七〇年為止，這個故事已上過銀幕十五次，是狄更斯作品中，改編成電影最多的一個；另外一個故事《孤雛淚》（*Oliver Twist*, 1838），則有十四次（Page, 319-322）。至於在舞台演出的次數，則難以數計。

　　狄更斯自從一八五八年四月說書開始收費以來，有如專業藝人一般。他有經紀人為他安排到各地去演出，收入也的確相當可觀。很多人對他決定這麼做並不以為然。因為他的經濟情況並不差，又享盛名，不需要那麼辛苦，說書的次數那麼頻繁，讓人以為他是為錢的緣故。如此對他的創作和身體一定會有不良的影響。我們知道他這時候還主編一個週刊，又常寫時事評論，再加上最主要的工作——小說創作，負擔的確非常沉重。不過從小說的出版情況看來，他仍然保持以往的活力。例如他後期的主要長篇《雙城記》（*A Tale of Two Cities*）

在一八五九年出版。兩年後，他又出版《孤星血淚》（*Great Expectations*）。一八六五年他最後的長篇小說《我們共同的朋友》（*Our Mutual Friend*）也出版了。證明他在繁忙的說書生涯中，還是不停的創作。接著他在一八六六年十一月九日美國說書，一直到一八六八年四月二十二日才離開美國。這一次長期的說書，雖然讓他見到了當時美國許多作家，也獲得相當可觀的收入，約兩萬英鎊，但是他的健康情況也受到很大的影響。可是到了十月六日，他又開始最後一系列的七十二場說書，並且還巡迴到蘇格蘭和愛爾蘭。但到了一八六九年四月二十日，他病倒了，不得不停止。經過一段時間的休息後，他著手另一個長篇小說《艾德溫‧德魯之謎》（*The Mystery of Edwin Drood*），並於次年一月起連載。同年一月十一日，他宣布最後十二場說書，但為了身體緣故，只能夠在倫敦舉行。到了三月九日，維多利亞女皇在白金漢宮接見他。雖然他拐著一隻腳，由於宮廷禮儀，他要站立說話。女皇竟然也靠著沙發扶手站立著和他講話。至於兩人談些什麼，據說只是一些最平常的問題，像肉價、傭人、林肯總統被暗殺前所做的夢、作者廣受歡迎的說書等。狄更斯倒是也提到國內的教育現象（Ackroyd, 1066）。雖然事後謠傳女皇可能授與他爵位，但狄更斯說：「我不會改變我自己。」（Kaplan, 549）女皇不久後曾請他到宮廷說書，不過他很客氣的回絕，因為他的說書生涯已經在見過女皇之後六天就結束了。狄更斯安排的告別說書是在三月十五日。當晚他的喉嚨很不舒服，只好擦點藥，準

時在八點開始。兩千多名聽眾早就等待多時。他所選的是最受歡迎的《聖誕歌聲》和〈皮克威克的審判〉（*The Trial from Pickwick*）。結束時，掌聲久久不息。他離開舞台，但被不停的掌聲喚回。他不得不對熱愛他說書的聽眾說幾句話。他表示結束這段說書的日子，心中非常難過，對於過去十年來大眾的支持與喜愛表示感謝。最後他聲音沙啞的說：「……今後我將永遠告別這個燦爛的舞台，深深的感激與致謝，衷心的向各位告別。」（Ackroyd, 1067）他離開時淚流滿面。說書生涯是他晚年生活的重心，使他和聽眾與讀者保持接觸。這一場告別說書的確是他生命中最痛苦的一刻。

《聖誕歌聲》的架構

　　狄更斯在《聖誕歌聲》運用的架構雖然是童話的形式，實際上內容卻很寫實。我們如果詳加分析情節中超自然與寫實部分，就可看出前者所佔分量並不多，絕大部分都是現實生活寫照。可以說，故事只是披著童話的外衣，以達警世的效果。一個評論家就曾說：「作者的文體是把童話故事的因素套在（superimposed）日常生活的事物上，使神話的深層象徵意義從表面透出。」（Hearn, 48）作者運用幽靈讓施顧己見到自己長久以來諸多自私行為，及對未來可能產生的後果，因此大大改變了他此後的行為模式。狄更斯這種手法，結合了想像和實際，創造了一個「當代童話故事」（a modern fairy story）（Ackroyd, 413）。

　　其實這並不是狄更斯第一次運用鬼魂作為主要媒介。他另一部長篇小說《皮克威克傳奇》第二十九章，也有一段故事與《聖誕歌聲》的情節相似，兩篇皆以鬼為媒介。在〈小妖精偷走教堂執事〉（*The Goblins Who Stole A Sexton*）這一段裏，有個脾氣很壞的執事（當時往往要兼做挖墓工作），名叫古拉伯（Gabriel Grub）。他在聖誕夜時，無事可做，只好喝酒，又去挖一個新墳；他就在這個老教堂墓地碰見了一群小妖精。它們把他帶到一個洞穴去看各處慶祝聖誕節的景象。古拉伯見到窮人和富人如何歡度佳節，深受感動，回來後，就像施顧己一樣，整個人變得親切、樂善好施。所以狄更斯其實並不是第一次運用幽靈作為情節的基本架構。他在刻畫施顧己的轉變過程中，四個鬼只能算是轉接的工具，因為只有幾幕與傳統上鬼魂恐怖的形象有關，並且都是出現在第一節。例如馬立出現時，身上纏繞著一圈圈鐵鍊；而在他離開時，施顧己看到窗外的夜空中，有許許多多孤魂怨鬼在悽慘哀號，令人聯想起陰間恐怖的景象。接下來三個鬼，除了來日鬼的形象比較可怕，另兩個只是與常人略有不同而已。

貧窮與工人問題

　　所以狄更斯並不全是依賴鬼魂與死後的恐怖來警告施顧己過去的錯誤與死後可能的報應。他所用的背景不是想像的，而是實際的，是英國在十九世紀四〇年代時一般市民的真實生活寫照。英國在工業革命的過程中，許多傳統行業無法生存，失

業的民眾只好擁到工業化的大都市謀生。因此產生的社會問題層出不窮；例如都市人口擁擠，生活條件差，工人只好接受資本家剝削；童工問題嚴重，孤兒激增（據估計，當時在倫敦就有十萬個孤兒在街上流浪）。所以狄更斯描述的重點是「人」如何生存下去這個基本問題；而在故事裏，他運用郭拉齊一家來表達窮人生活的實際現象。

郭拉齊不是工人，而是個每週只能賺十五先令的小職員。一家七口，還有個殘障的小提姆，生活困苦可想而知。大女兒瑪莎已經要出去工作，但顯然對家裏的經濟幫助很有限。事實上，不僅窮人有生存的問題，經濟情況好一點的人也同樣有生活的壓力。施顧己就是個好例子。我們看他在第二節時和未婚妻分手的經過，就知道他過分擔心本身的經濟狀況，不敢結婚，只顧拚命賺錢，以求心安，連未婚妻都認為他太恐懼貧窮，而和他分手。施顧己雖然是個極端例子，但作者筆下的郭拉齊一家，或那些要在星期天才能到麵包鋪煮熟食的窮人，或第四節裏三個偷竊施顧己身邊東西來變賣的人，皆顯示了當時生活是一場生死的掙扎，貧窮是永遠的威脅，社會上才有像施顧己或馬立的人，認為賺錢是人生第一要務，可以把婚姻、家庭、為人、信仰等，置之腦後。

工人在這場史無前例的巨大轉變中，是新興的族群，但不幸的是，最受壓榨與欺虐。他們遭受的非人待遇，例如工時過長、報酬低、工作環境惡劣，皆是狄更斯在許多故事中再三拍賣的目標。工業革命造成的社會結構改變，產生了大量的工

人，少數的資本家，以及逐漸興起的中產階級。同時，有些經濟學家也發展出一套資本主義的經濟理論。由於商業活動增加，工業成為主流，他們認為自由市場上沒有所謂適當價格；買低賣高是正常手段。任何工作也沒有什麼適當工資，資本家看勞力供需情況可以任意制定，不必擔心工人是否足以養家。由於當時失業人口眾多，勞力純粹是買方市場，剝削工人就成常態。施顧己雖然只是個最小的資本家，辦公室只有一個小職員，卻被作者當作典型的「經濟人」（Economic Man）（Johnson, 256）。

更可怕的是，這種資本主義的經濟理論，不但用來當作制定工資的方式，也被一些自稱理智的有錢人作為解決窮人過多的辦法。他們說：「如果窮人，不積極進取的人，或才智平庸的人，賺的錢不足以維生，他們就應該餓死……或只好去磨坊或貧民習藝所受苦。」（Johnson, II ,92）這是道地的馬爾薩斯人口理論，也是施顧己在故事中所謂「多餘人口」（Surplus Population）。在第一節裏，有兩個紳士前來向他募款，因為很多窮人去不了那些救濟機構，他面不改色的說：「如果他們情願餓死，那就死算了，可以減少一些多餘人口。」不幸的社會現象竟然造成如此對「人」的鄙視，將生命視如一般物品，多了就丟棄，毫無尊嚴可言。施顧己一生都活在帳簿、保險櫃、收據的金錢世界裏，心中有這樣的想法，並不足奇。所以他認為仁慈、慷慨、關切等感情並非必要；他外甥來請他共度聖誕，他回答說：「無聊！」他還說郭拉齊十二月二十五日休

息一天是不對的，因為等於是偷了他一天的工資（請注意他連
「聖誕節」一詞也不願意用，而用「十二月二十五日」）。資
本家如果像施顧己一樣，把勞工只當作機器一般，相互之間毫
無信任與感情，當然不可能會去關切他們的生活和福利。

　　無可避免的，在如此一面倒的勞資關係中，社會問題必然
叢生。狄更斯在故事裏提出了兩個他認為最嚴重的現象。就在
第四節後面，來日鬼的黑袍之下，他讓施顧己看到一男一女兩
個衣著襤褸、面目可憎的小孩，一個是「匱乏」（Want），
另一個是「無知」（Ignorance）。這兩點是英國在工業革命
的過程中，最嚴重的社會病態。由於資方的壓榨，勞工又缺乏
政府應有的保障，無法獲得足夠的生活所需，造成大量的貧
民。人民連基本的生活都無法維持，自然難以兼顧到子女的教
育問題。

改變資本家的自私心態

　　面對如此亂象，狄更斯認為解決的方法是要改變資本家，
而不是社會制度。他這種觀念可以從故事裏得到證明。例如在
第二節費茲維的聖誕晚會過後，施顧己就曾替他老闆爭辯說：
「他有能力讓我們快樂或不快樂，使我們工作順利，像是我們
自己高興做，但也可以繁重得像做苦力一般。」所以只要有好
的資本家，就不會有這些問題。但是這樣的老闆顯然很少，他
們絕大多數從來不替工人福利著想，連一年休息一天都覺得浪
費，想改變他們的心態，恐怕不是一件實際可行的事。

　　狄更斯認為問題的癥結在於資本家缺乏應有的社會道德和責任感；他們把工人當作商品，一個值多少錢，根本不把他們當人看待，也需要養家活口，渴望子女能受教育。所以「狄更斯對經濟改革的方法是改變個人，因他們是不公平制度的根源，而非制度本身」（Hearn,44）。他的觀念是否正確可行，很有疑問。縱觀十九世紀英國的社會改革過程，保護工人和改善窮人的生活，都是經由政府立法達成。重要的法案如「第一工廠法案」（First Factory Act, 1802），「貧窮救助法案」（Poor Relief Act, 1819），「福斯特教育法案」（Forster Education Act, 1870），同時在一八三三、一八四四，和一八七四年也通過了修正的「工廠法案」，對於童工、工作時間等事項加以規範。由於這些規定，才使工人的生活能漸漸改善。狄更斯希望能改變資本家的內心，善待工人，恐怕行不通。我們不能期望在一個競爭激烈的工業社會裏，會出現烏托邦式的善心人。

　　狄更斯由於小時候嘗過貧窮的日子，所以對勞動階級有一份特殊的感情和關懷。他曾在一篇文章裏說：「天堂是為窮人和富人而設的，上帝並沒有區分那些穿好衣服或那些赤腳穿破衣的人。在世時最可憐、最醜、殘廢不幸的人，只要堂堂正正做人，到天堂時也是最閃亮的天使。」（Hearn,43）這段話充分顯示狄更斯人人生而平等的民主思想。他開始寫作以後，就不斷呼籲要求改善工人的生活環境。他的小說很多牽涉到貧苦大眾的生活現象；尤其是小孩，更是一再出現在他作品中。

他不但嚴厲批評童工受虐待的情形嚴重，還譴責基礎教育的不足和缺乏人性。在《聖誕歌聲》裏，作者雖然沒有詳細觸及這些，但讀者不難從片段之中見到。例如第三節描述郭拉齊的大女兒瑪莎（大約只有十五、六歲），回家過節，談到她工作辛苦的模樣。還有第二節裏施顧己在學時，過節不能回家，獨自留在學校裏的悽慘樣子，作者雖然沒有過分強調這些較負面的場景，細心的讀者仍然可以看出背後隱藏的真相。在如此環境之下，求生是人人必須時時刻刻注意的課題。有些人因此變得自私，沒有人情味。人際間的關係淡薄，相互間應有的關懷和信任也蕩然無存。

勸人為善的手法

為了顯示施顧己的自私，作者運用兩種方式；一是直接勸說行善，另一種是顯示自私的人死後的報應。第二類例子可以從第一節馬立的鬼來見他時，全身綁著用帳簿、錢櫃、鑰匙等串連起來的鐵鍊，以懲罰他在世時只顧賺錢。後來馬立要離開時，施顧己從窗口見到外面夜空中，有許多鬼魅在哀嚎；它們都是在世時不知要行善的人。另外在第四節裏，施顧己見到他如果繼續當前的生活方式，將來去世時，會孤伶伶一個人在床上，沒人來安慰或照顧。來日鬼也讓他看到自己的墓碑，零落在墓園一角，無人憑弔。

至於直接警告與勸說，在故事中出現多次。除了用以警告施顧己，也是作者間接闡明主題的所在。去除施顧己根深柢固

的生活哲學，並不是一件容易的事；需要很有力的警告，才能動搖他的心態。因此作者連續安排幾次警告，就是要震撼施顧己的內心。馬立的幽靈很直接的對他呼籲：

　　噢，被捆綁纏上雙重鐐銬的囚徒！……不知抱著基督精神在一方小天地中行善之人，終將發現人生太短而世界又太過廣闊。也不知，再多的悔恨也無法彌補一生中錯失的機會！我就是這樣！我就是這樣！

　　馬立死後才知道，每個人短暫的一生不應該為了自私的慾望，執迷於追求財富，而忘了去關懷周遭的人。因為如此一來，就如同關在籠子裏，被自私的鐵鍊緊緊套住，不得脫身。做人應該把眼光放大，放遠，時時關懷我們身邊的人，傳播愛與善的種子，才不會枉負了寶貴的一生。怪不得施顧己說他生前的「生意」很成功，馬立卻認為不值得一顧。他大聲對施顧己說：

　　「生意！人類才是我的生意。眾人福祉才是我的生意，慈悲、憐憫、寬容、善心都是我的生意。我生前的事業在我龐大的生意中，不過像海裏的一滴水而已！」

　　馬立這段話把作者的中心思想說得很清楚。人到世間不應只求獨善其身，應謀眾人之福。稍早，施顧己還在辦公室時，

他外甥來邀他共度聖誕佳節，也表達了相同的看法：

　　……聖誕節是表達仁慈、寬恕、慈悲、快樂的時刻：也是漫長的一年中，男男女女不約而同開放緊閉的心胸，並能設想到生活不如他們的人，其實都是人生旅途上的夥伴，而非不同道上的不同生物。

　　唯有能夠時時刻刻為他人設想，抱有如此廣博的人生觀，才會去關懷別人，去體恤別人。因為我們「都是人生旅途中的夥伴，而非毫不相干的生命體……」施顧己的外甥並不是在說空話，也身體力行。明明知道舅舅不會理他，還是來邀他一起過節。今年不肯，他說明年仍會來請他。他這樣做並沒有任何動機，更不是因為舅舅有錢。純粹是為了在過節時，我們應該設身處地為他人著想。又如他後來在街上碰到郭拉齊，聽到小提姆去世的消息，他也表達相同的關切，給他名片，並且說有事儘管來找他，讓郭拉齊非常感動，因為兩人只見過一、兩次面，並沒有什麼交情。所以施顧己的外甥不僅僅是在過節時行善，平常也是如此。他的做法就像當天也到施顧己辦公室去募捐的兩位紳士一樣，純粹是抱著為善之心，要幫助貧困的窮人。其中一人就這麼說：

　　施顧己先生，今天正逢一年一度的佳節，最適合我們對窮苦無依的人稍做奉獻，此刻他們正需要援手。數以千計的人缺乏日常所需，還有更多人不得溫飽。

　　這兩位紳士把愛心的手延伸到社會上所有需要照顧的人，挨家挨戶去募款；為的只是希望在過節時，人人都能夠溫飽，社會才能更和諧。他們的做法印證了馬立所說的話，「人類才是我的生意。眾人福祉才是我的生意。」

　　警告施顧己錯誤的人生觀，在第二節裏也有。作者藉著他和未婚妻分手的一幕，把他在年輕時就過分擔心自己經濟能力，甚至到了拜金的地步，赤裸裸地表達出來。她說：

　　你太恐懼這個世界了。你的一切希望現在合而為一，只想著避免貧窮帶來的羞恥。我看著你一個接一個放棄崇高的理想，最後只剩下『賺錢』這個慾望將你整個人佔據。

　　施顧己一生最大的毛病，在此被未婚妻一語道破。由於他過於害怕貧窮，所以把金錢視為唯一的護身符。他因此可以不要成家，也排斥任何人間溫暖，自然更不會想去慶祝聖誕節，或者去幫助貧困的人。他的未婚妻真的是太瞭解他了，所以自動求去，不願與他長相廝守，並不足奇。奇怪的是施顧己竟然沒有從她強烈的言語中，獲得任何警惕或教訓，而讓她離去，最出人意料之外。毫無疑問，在他心中，財富的慾望已超越了人間的一切。

　　很顯然，作者在故事開始就用最清晰有力的言辭向施顧己灌輸博愛的觀念。為了要徹底改變他長久以來自私自利的思想，只有直接的訓誨，才能打入他的心坎，使他瞭解自己以往

的想法和做法都錯了。人不能一切只為自己，必須打開心胸，關心周遭的人，如此社會才會祥和，生活也才有意義。否則死後的報應，有如馬立一樣，渾身纏著沉重的鐵鍊，日夜奔馳於無盡的天際，不斷的懊悔，無窮的哀怨，永無寧日。或像施顧己從窗口所見的，滿天都是孤魂怨鬼，在哀嚎飄蕩。他們生前都像施顧己一樣，從不對人伸出援手，死後當然就只有永遠的悔恨飄零。

施顧己——從守財奴到大善人

上面所舉的這些直接警告，並沒有立刻讓施顧己改變他長久以來保持的心態。三個鬼魂連續來臨，只在剛出現時令人好奇，並不可怕。尤其是第二個現世鬼，明顯的是當時英國人過節時崇拜的富裕之神的形象（狄更斯的時代還沒有聖誕老人）。因此這些幽靈除了有立即變換時空的超能力之外，並沒有展現其他恐怖的景象。它們主要的功用是提供一個簡便的媒介，讓施顧己重溫他一生幾次關鍵性的事項。經由三次短暫的夢境，提醒他在年輕時也曾獲得親人的眷顧，並非全然只是痛苦的回憶。在青春年歲時，也有知心的人願長相廝守。但如今他已經把這些美好的過去都忘光了，腦海中只有金錢的影子。

由於這種心態，施顧己從此變成標準的守財奴。他一生沒有親友與他接近，一般人更不用說有什麼交情；走在街上沒有人向他問好致意，乞丐也不會求他施捨分文；甚至導盲犬也認得他。只要見到他走過來，會趕緊牽著主人避開。所以他臨終

時，沒有人會來照顧他。正如在第四節，來日鬼讓他看到自己孤伶伶的死在房間裏，無人照料或哀悼。連那個偷他身上衣服的洗衣婦人，也在破爛店裏公然對大家說：「你們看，這就是他的下場！活著不要任何人作伴，死了就使我們受益。哈哈！」他真是自作自受。一輩子排斥人間溫暖的人，在生命快結束時，就會瞭解感情才是維繫人間的橋樑，不是金錢。甚至死後，也沒有人感到惋惜或懷念他。往日商場上的朋友，也無意來參加他的葬禮。施顧己目睹自己來日的遭遇，心驚膽跳，才深知往日的過錯。因而到了第四節，他的心態已經大大改變，人不能離群索居，大家都是生命共同體。助人之心已油然而生。第五節他暗中送一隻大鵝給郭拉齊，然後又去外甥家吃飯，已充分證明作者的目的已經達到，守財奴已經成為樂善好施的人了。

其實《聖誕歌聲》裏，正面的、歡樂熱鬧的場面也相當多。狄更斯對於情節的安排，最終目的是要改變施顧己的為人，所以雖然出現一些對他直接的警告和勸悔，快樂溫馨的畫面也處處可見。例如第二節裏精彩的費茲維的聖誕舞會，令年輕時的施顧己終生難忘；這是一個慷慨的老闆利用機會向員工和親友表達謝意的好例子。所以當往日鬼對施顧己說，費茲維只不過花了幾鎊大家替他賺來的錢熱鬧一下而已，後者就很正經的說：

你要知道，重點不是錢……就算他的力量在於言語和神

色，或是許多微小到根本不值得計算的小事上，那又怎樣？他為我們帶來的快樂卻像花了一大筆錢才能做到的。

　　當時的施顧己正在做學徒，所以每年能有這麼難得的機會，可以盡情吃喝跳舞，使他對費茲維先生難以忘懷。相形之下，他後來自己做老闆，卻對郭拉齊處處壓榨，連過節休息一天都心不甘情不願，看作是偷他一天薪水。這一幕對於他最後的轉變，有很大的啟示。

　　此外第二節快結束時，貝兒家小孩爭相強奪父親帶回來的禮物，那麼興奮的樣子，把過節對小孩的重要，很強烈的表達出來。第三節開始不久，作者把鏡頭轉向倫敦街頭，民眾擁擠採購年貨。這一段裏，作者把許多日常的物品擬人化，使故事染上一點童話色彩。接著作者讓施顧己看到郭拉齊的闔家團圓景象。雖然貧窮，作為一家之主，他還是盡量讓全家人能夠高高興興，愉快的過聖誕佳節。他並且要大家在這時候，不要對他的老闆施顧己表現任何不滿的言詞。郭拉齊的作法，真正顯示出，聖誕節是表現感恩的時候，而不是發洩怨恨或不滿。施顧己看了之後，也深受感動。尤其對於小提姆顯然相當關切。作者說：「直到最後一刻，施顧己還是一直看著他們，眼睛沒離開過小提姆。」這一幕對於後來他成為小提姆的教父，應該有直接的關係。現世鬼接著又帶他到英國西南部濱海的康沃爾郡，最偏僻的礦工家中。看到他們祖孫三代同堂，齊唱聖誕歌曲的溫馨畫面。而就在離岸不遠的燈塔裏，有兩個守燈

塔的人在互祝佳節愉快。然後施顧己緊抓著現世鬼的袍子，飛越大海，見到航行中的船員正在值勤，仍然互道思念家人的鏡頭。接著是施顧己外甥家舉行的慶祝晚會。作者敘述的重點放在大家一起玩遊戲和一對年輕人相互傾慕的樣子。許多親朋好友，街坊鄰居，都來參加他家的聖誕晚會。連施顧己也被熱鬧的氣氛深深感動，加入年輕人的遊戲，高興得幾乎忘了他是隱身，最後竟然要求現世鬼讓他多待一會兒，多享受一些過節的氣氛。間接暗示他已經受到人間溫情感染，內心已逐漸開始軟化，為最後的轉變再邁進一大步。

細心的讀者會發現，上面這幾幕雖然都是熱鬧歡樂場面，但狄更斯強調的重點都不同。貝家兒著重在分送禮物的熱鬧，郭拉齊家的重心在食物的多寡，費茲維家描述的是舞會，外甥家則著力在玩遊戲的經過。所以每一景強調的是過節時的一環，全部接合起來才是從頭到尾的全貌。當然並非每個家庭皆能如此慶祝佳節。因此作者也刻劃了礦工家以及守燈塔的人純樸過節的樣子。如此一來，把社會層面擴大，把地理限制打破，使聖誕節的意義更加寬廣，有放置四海皆準的深意。明顯的，作者也希望，佳節的正面意義是團圓與感恩。一年一度稍為過度的吃喝玩樂是過節必然的現象，因為這是我們對人表達內心感染最好的方式。同時讓施顧己經歷這些溫情的流露，而導致他後來心態的改變，是作者最終的目的。

回響

　　《聖誕歌聲》經歷了一百六十餘年仍然廣受大眾喜愛，主要原因恐怕不是其中明顯勸人為善的道德教訓。狄更斯巧妙的融合了現實與想像的創作手法，運用童話故事的框架，把十九世紀中葉英國中下階層人民，在聖誕節時種種生活上的細節，精彩呈現出來。而貫穿其中的是個公認的守財奴知過能改的心路歷程。他的好友薩克萊雖然說這個故事像一次「慈善傳教」，卻毫無神學性的談話，而是充滿單純的佳節樂趣和情感。他又說：

　　我相信它在全英國引起極大的善心；也是在聖誕節時點燃了百支慈善之火的原因；令人傾吐難得的佳節善意情緒；叫人多調一些聖誕飲料；多殺不知多少火雞；也多烤了不少過節的牛肉（Thackeray, 354）。

　　狄更斯沒有使《聖誕歌聲》成為一本譴責社會不平的小說，像他後來所寫的《艱難時世》（Hard Time, 1854）。他強調聖誕節是表達愛心、感恩和團圓的季節。適當的歡樂是常態，只是我們不要忘記社會上還有許多人需要我們的幫助和關切。

1

馬立的鬼

馬立的鬼 01

首先，我要說，馬立死了。這事千真萬確。葬禮簽名簿上有許多人的名字：有牧師、教堂執事、葬儀社人員和悼唁者。施顧己也簽了名。不管什麼事，只要他肯出手簽字，施顧己的名字在「交易所」02 可是非常好用的。

老馬立就像門釘一樣，直挺挺地死了。

別搞錯，這不是說我知道一根門釘還能有什麼特別的死法。只是說，在我的認知裏，棺木釘是最最僵硬的一種鐵器。這樣簡明的比喻，其中自有先人智慧，我絕不會加以褻瀆，否則社會豈不大亂。因此我懇求各位，讓我重申：馬立，就像根門釘一樣地死了。

施顧己知道他死了嗎？當然，怎麼會不知道！他和馬立合夥已經不知多少年了。施顧己是唯一替他料理後事的人、唯一的遺產執行人、唯一的財產繼承人、唯一的剩餘財產受贈人、唯一的朋友與哀悼者。不過施顧己倒沒因這不幸之事過度憂傷，即使下葬當天，他仍秉持一流生意人本色，硬是用極低價

01　本書在 1843 年出版時的全名是：A Christmas Carol/In Prose Being/A Ghost Story of Christmas。Carol 的原意為歌頌耶穌出生的歌曲或民謠，是可以唱的。狄更斯有意將此「散文體聖誕頌歌」視為一首歌頌聖誕節的詩篇，每一章視為詩的一節。所以本書的第一章叫 Stave One。Stave 是 Staff 的古體，是詩或歌謠的一節（Stanz）。作者後來寫的聖誕故事也如法炮製，每章照故事性質而有不同名稱。例如〈鐘聲〉（The Chimes, 1845），用鐘的報時分為四「刻」（Quartes）。另一個故事〈爐上的蟋蟀〉（The Cricket on the Hearth, 1846）就用「唧」（Chirp），第一章就叫 Chirp The First（Hearn,5）。

02　「交易所」指「皇家交易所」（The Royal Exchange），是當時倫敦的經濟中心（Hearn, 58）。

錢把葬禮辦得簡單隆重。03

　　談到馬立的葬禮，就要回到我開頭說的，馬立的的確確死了。這點一定要先弄清楚，否則我接下來要講的故事就毫無奇妙之處可言。就像若非我們完全相信開場前哈姆雷特的父親就已去世，否則當他在東風吹拂的夜裏，為了驚嚇自己兒子脆弱的心智而在城垛上漫步時也就無足為奇。那就像入夜之後，一個中年紳士外出走在微風吹拂之地——比如說聖保羅教堂的墓地一樣。04

　　施顧己一直沒把馬立從公司的名字上塗掉。好幾年過去，辦公室門上仍是：「施顧己與馬立」。公司的名字就叫「施顧己與馬立」。有時候，有些業界新手會叫它「施顧己與施顧己」，有時則只叫「馬立」。施顧己對這兩種叫法都會回應，對他來說都一樣。哦，商場上的施顧己，就像那種緊緊握著磨刀石的人。他是貪得無饜的老奸巨滑，擠得兌，抓得緊，扭得牢，削得薄，從不放手。正如打火石般又尖又硬，再硬的銅鐵也別想碰出絲毫火花，行事鬼鬼祟祟，像隻孤僻自守的牡蠣。內心的冷酷冰凍了他的面貌、凍傷了尖銳的鼻梁、鑿平了雙頰、步伐也變得僵硬。他雙眼通紅、薄唇發青、從中吐出刺耳的精明話語，他的額頭、眉毛和硬梆梆的下顎也一片霜白。低溫隨他而至，他的辦公室在盛夏之際冰寒凍人，聖誕節時也升

03　施顧己其實是個財務商人，也就是放高利貸的人（Hearn, 59）。

04　原文 Saint Paul's churchyard，當時倫敦市區有條彎曲的行道，繞著聖保羅教堂墓地。Ahn 在他的 1871 年註解本說，原本的墓地早就沒了。由於街道狹窄，巷弄很多，使得那地方常常風很大（Harn, 59）。

高不了一兩度。

　　施顧己絲毫不受外邊冷熱的影響。熱氣不會使他溫暖，寒冬不會凍僵他。他比寒風更刺人，比大雪更具惡意，比大雨更不饒人。惡劣的天氣無從傷害他。再大的雨、雪、冰雹至少可以吹噓有一點比他好：它們往往大方放送，施顧己則從來不分任何東西給人。

　　人們在街上碰到他，不會拉住他愉快地說：「親愛的施顧己，你好嗎？什麼時候到我家坐坐？」乞丐不會求他施捨分文、小孩不會問他時間、不管男人女人，這輩子從來沒人向他問過路。甚至盲人的導盲犬也認得他，一見他走來，牠們就把主人引到門廊或巷子裏，擺擺尾巴像是說：「失明的主人啊！看到這種討厭的人，還不如沒眼睛可看啊。」

　　不過施顧己才不在乎！他就喜歡這樣。日日穿梭於擁擠的人生旅途中，警告人間溫情離他遠點。怪不得認識他的人會叫他「混蛋」。

　　從前有這麼一次——就在一整年最好的日子，聖誕夜這天——施顧己還在辦公室裏忙個不休。外邊寒風刺骨，天色陰霾，霧氣瀰漫。他聽到院子裏有人氣喘吁吁上下跳著，為了取暖以手搥胸，雙腳在石板上用力踩步。市政廳的鐘剛敲過三響，但天色早已陰暗，其實一整天也沒明亮過。附近辦公室窗上可見燭火搖曳，彷彿為觸手可及的棕色空氣綴上暗紅斑點。霧氣從每一道縫隙和鑰匙孔湧入，濃得讓對面的房子猶如幻影一般（雖然他的院子已經是最窄的了）。眼見濃霧滾滾而來，

萬物朦朧不清，不禁令人以為大自然就在身邊，把水燒得熱氣騰騰。

施顧己辦公室的門開著，他才能監視正坐在櫃子般陰暗的小角落裏抄寫信件的唯一職員。施顧己自己的爐火升得很小，但職員的火更小，好像只有一小塊煤在燒。但他不能添煤，因為施顧己把煤箱放在自己辦公室裏，只要職員拿著鏟子進來，老闆準定會說那他們就分道揚鑣吧。於是職員套上自己的白色圍巾，想到蠟燭邊取暖。不過靠蠟燭取暖得要有豐富的想像力才行，他卻正好沒有。

「舅舅，聖誕快樂，上帝保佑您。」挺愉快的聲音，原來是施顧己的外甥。他進來時走得很快，施顧己聽到聲音才知道他已經進來了。

「哼！無聊。」施顧己說。

施顧己的外甥因為剛才在霧氣與寒霜中疾走，渾身冒著熱氣，正自興高采烈。他英俊的臉龐紅通通地，雙眼散發著光彩，呼吸凝成霧氣。

「舅舅，你說聖誕節無聊！」施顧己外甥說：「我相信你一定不是這意思。」

「我就是這意思！」施顧己說：「聖誕快樂，你又有什麼權利快樂？什麼理由快樂？窮光蛋一個！」

「舅舅，別這樣。」外甥還是快活地回答：「你又有什麼理由這麼憂鬱？有什麼道理不高興？你有的是錢。」

施顧己一下也沒什麼話好說，只好「哼」一聲，然後又加

一句「無聊！」

「別氣了，舅舅。」外甥說。

「我又能怎樣！」舅舅頂回去：「身邊盡是像你一樣的傻瓜？聖誕快樂！有什麼好快樂！聖誕節不就是沒錢付帳單的時節、發現自己又老一歲口袋卻一樣空空的時節、算總帳時發現一年十二個月，月月的帳都對不上的時節？」施顧己很生氣地說：「要是能夠隨心所欲，我就把每個到處叫著『聖誕快樂』的傻瓜跟他的布丁一起蒸了，再插支冬青樁子在他胸口一起埋掉。就該這麼幹！」05

「舅舅！」外甥哀求著。

舅舅板著臉說：「小子！你過你的聖誕節，我過我的節！」

「過節！」外甥重複他的話：「但你根本就不過節呀！」

「我就不過什麼節！」施顧己說：「但願過這節對你有好處！但你得過多少好處！」

「很多事都對我有好處，不過我敢說，我並未從中得利。」外甥回答：「聖誕節就是個好例子。聖誕節到來時，我總是這麼想。暫且不管對其神聖之名和起源的尊敬，其實與它有關的一切，都應受敬仰。聖誕節是表達仁慈、寬恕、慈悲、快樂的時刻；也是漫長的一年中，男男女女不約而同開放緊閉的心胸，並能設想到生活不如他們的人，其實都是人生旅

05　Carol L. Bernhardt 在她的 1922 年註解本中說：「中世紀時有項傳統，把木樁插入殺人犯的胸膛，埋在十字路口。埋葬吸血鬼時也這樣做。顯然施顧己認為浪費金錢來慶祝聖誕節的人和殺人犯一樣。」（Hearn, 63）

途上的夥伴，而非不同道上的不同生物。而且舅舅，雖然聖誕節時我從來不曾在口袋裏發現金銀，但我還是相信這對我有好處，或者將來對我會有好處。所以我還是要說，願上帝保佑佳節。」

櫃子裏的職員忍不住拍手叫好，不過馬上發現不妥。他撥了下火，卻把殘餘的火種給弄熄了。

施顧己對職員說：「要是我再聽到你的聲音，你就捲鋪蓋回家過節去。」他接著向外甥說：「你倒很會說話，奇怪怎麼不去選國會議員。」

「別生氣，舅舅，明天請過來和我們一起用晚餐。」

施顧己卻說，寧願先看他 06 ——是的，他確實說了，把整句咒人的話說全了，說他寧願先看到這外甥大禍臨頭。

「怎麼會？」外甥嚷著：「怎麼會呢？」

「你為什麼結婚？」施顧己問他。

「因為我戀愛了。」

「因為你戀愛了！」07 施顧己滿臉不高興，好像這是世上唯一比「聖誕快樂」更可笑的話。「午安，你走吧！」

「可是舅舅，我結婚前你也沒來看過我。怎麼現在把這當作不來的理由呢？」

06　作者沒有寫全的這句話，是施顧己想惡毒地罵外甥「先見鬼去。」（see him go to the devil first.）

07　施顧己這種看法與當時的經濟學家見解相同，對於外甥未有經濟基礎就結婚並不認同。為愛情而結婚，他認為過於感情用事。施顧己在第二節也毀了婚約，因為他認為自己經濟情況並不允許。所以他認為外甥該學他的榜樣。狄更斯本人並不贊成施顧己的看法。在他的第二個聖誕故事《教堂鐘聲》（The Chime, 1845）中，將這點說得更明白。據說他還因鼓勵窮人結婚而受人嚴厲批評（Hearn, 63）。

「再見。」施顧己說。

「我又不向你要什麼，也不求你；我們為什麼不能好好相處？」

「再見。」施顧己又說。

「看到你這麼無情無義，我真的很難過。我從來沒主動跟你吵過架，出於對佳節的敬意，我要保持聖誕節的好心情。所以舅舅，我還是要說，聖誕快樂。」

「再見。」施顧己說。

「並祝新年快樂！」

「再見。」施顧己又說。

施顧己的外甥離開辦公室時並無怨言。他在門口停了一會兒，向那個職員賀節。小職員雖然和之前一樣冷，但心裏比施顧己溫暖得多。他很客氣地回敬佳節快樂。

施顧己聽到外面的對話，不禁喃喃自語：「我這手下，每週只賺十五先令，要養老婆小孩，還在說什麼聖誕快樂。我真要躲進瘋人院了。」

這發瘋的小職員讓施顧己的外甥出去後，又讓兩人進來。這是兩位外表莊重的體面紳士，此刻在施顧己的辦公室裏，兩人取下帽子站著，手上拿著簿子與文件，對施顧己深深致敬。

「我想這裏就是施顧己與馬立公司。」其中一人說道，指著手中的單子。「請問，我有幸見到的是施顧己先生，還是馬立先生？」

「馬立先生已經去世七年了 08。」施顧己回答他，「正好是七年前的這一夜。」

「我們相信，現任公司負責人一樣能夠表現他的慷慨大方。」這位先生一面說，一面把證件遞給施顧己看。

一點不錯，這兩位的確是志同道合的夥伴。施顧己一聽到來意不善的「慷慨大方」四個字，臉色一沉，搖搖頭，把證件還給他。

其中一位先生把筆準備好，同時說：「施顧己先生，今天正逢一年一度的佳節，最適合我們對窮苦無依的人稍做奉獻，此刻他們正需要援手。數以千計的人缺乏日常所需，還有更多人不得溫飽。」

「不是有監獄嗎？」施顧己問他。

「是有很多。」這位先生回答時，筆也放了下來。

「還有『貧民習藝所』09，不是也可以收容嗎？」施顧己問他。

「不錯，但我真希望它們關掉算了。」

08　本來作者要讓馬立去世十年，但寫到一半就改為七年。傳統上，「七」這個字有超凡的力量。據說人的一生中，第七年都有重大轉變，往往會有大難。施顧己的姓是 Scrooge，有七個字母，是不吉利的數字。Dr. Teplitz 也注意到，作者在書中剛好提到七次馬立的死亡（Hearn, 64）。

09　「貧民之家」原文 Union Workhouses，英國議會在 1834 年通過「濟貧法案」（The Poor Law Amendment Act），整合以往各教區的慈善工作，讓流離失所的窮人暫時有地方吃住。大體是把英格蘭和威爾斯分成二十一區，每區指派一名代表（Commissioner）負責行政工作，成立所謂「貧民習藝所」（Union Workhouse）來接納窮人，以工作換取溫飽。一般大眾簡稱為 Union。但這些救濟機構管理異常嚴酷，男女分離，並且要調查私生活歷史，吃住條件也很差，常有虐待童工現象。諸多惡端，當時連窮人也受不了，覺得住在裡面更苦。狄更斯曾多次抨擊這些貧民習藝所的惡行惡端。所以才有下面另一位紳士說：「我真希望它們關掉算了！」（Hearn, 65）

「『磨坊法案』10和『濟貧法案』不是還在執行嗎？」施顧己說。

「不錯，先生。兩個法案都在執行中。」

「嗯！你剛才一開口，我還以為政策遇到什麼困難，窒礙難行，不能發揮作用，你這麼說我就放心了。」施顧己說。

「我覺得這些措施對貧苦大眾無法提供應有的幫助，」這位先生說：「因此我們幾個人設法募款，為窮人買些肉品和取暖物資。我們選擇這個時候，因為此刻他們最需要幫助。我要替你寫多少錢？」

「不必！」施顧己說。

「你希望匿名贊助？」

「我不希望加入，」施顧己說：「既然兩位先生問我想怎麼做，這就是我的回答。我自己在聖誕節不興作樂，也不供懶鬼作樂。我已經在你們剛才提的社會機構上花了夠多錢。真正的窮人應該到那些地方去。」

「但很多人去不了。有些人寧死也不去。」

施顧己說：「如果他們情願餓死，那就死了，還可減少點多餘人口11。還有……對不起……我不瞭解那種事。」

「也許你應該要瞭解。」這位先生說。

---

10 「磨坊法案」（Treadmill Law）。讓犯人像牛馬般推拉大磨輪，這種懲罰方式是一八一七年由布里斯頓監獄開始的（Hearn, 65）。

11 自從馬爾薩斯（Thomas Malthu）的《人口論》（Essay on the Principle of Population）（1803）發表後，英國一些經濟學家就擔心人口過多，無法自給自足。馬氏所謂的「多餘」人口，係指一個父母養不起，社會也不需其勞力的人。因此他「就無權力要求任何食物，並且也無存在必要」（Slater, 257）。

施顧己回答說：「這不關我的事，我自己的事已經夠頭痛，更不用說去管別人。我自己的事就忙得不可開交了。兩位先生，午安！」

兩位先生看得很清楚，再講下去也沒用，便離開了。

施顧己對自己的表現很滿意，繼續工作，心情也比先前開朗不少。

這時外頭霧氣更重，夜色也更陰暗，行人帶著閃爍的火把 12 到處走動，有的自願走在馬車前面，引導它們小心前進。老教堂的鐘塔也看不見了。斑駁的老鐘，一向都從牆上的哥德式窗戶裏偷瞧著下面的施顧己。人們只能在濃霧中聽到它每隔一小時或一刻鐘報時，響過之後仍然震動得厲害，好像它的牙齒在凍僵的嘴裏顫抖。氣溫更低了。大街上，巷道一側，幾個工人正在修理煤氣管路，在煤盆裏燒著一團火，引來一群衣著襤褸的大人小孩伸出手來取暖，在火盆前高興地眨眼。水龍頭在寂寞中被遺忘，流出的水很不高興地凍結起來，變成憂鬱的冰塊。店鋪窗上掛著冬青葉和果子，被店裏的熱氣溫得吱吱作響，亮光也使行人走過時蒼白的臉紅潤起來。雞鴨魚肉和雜貨買賣，一整天喧嚷不休，就像在舉行熱鬧的慶典，令人很難相信世上還有討價還價那些無聊的事。倫敦市長大人在寬敞的官邸內命令他的五十個廚子和僕役，過節也要有市長大人的氣派。那個上星期一才因酗酒當街撒野而被市長罰五先令的小裁

---

12 「閃爍的火把」，原文 flarin links，據 E. Gordon Brown 1907 年版的註解：「火把小孩（Link-boy）在倫敦很常見，尤其是當大霧把整個城市籠罩得黑天暗地時。」Link-boy 也可稱為 linkman。（Hearn, 66）

縫，在他削瘦的太太帶著嬰兒出去買牛肉時，在小閣樓裏攪拌明天要吃的布丁。

霧氣更濃，氣溫也更低！寒風刺骨，深入心扉。要是聖人鄧思坦 13 不是以常用的武器，而是以如此刺骨的嚴寒鉗住魔鬼的鼻樑，牠一定也會有充分理由大叫出聲。這時外面有個小孩，靈敏的鼻子被狂餓的低溫像狗咬骨頭般咬著嚼著。他蹲下來對著施顧己辦公室門口的鑰匙孔唱起聖誕歌。不料歌聲剛起……

「上帝保佑你，快樂的先生！祝你一切無憂無慮！」

……施顧己便用力一把抄起尺來，嚇得那唱歌的人飛快逃開，將鑰匙孔留給大霧以及相互唱和的寒霜。

最後，下班時間總算到了，施顧己不太樂意地起身，對櫃子裏的職員表示時間已到，對方立刻把蠟燭弄熄，戴上帽子。

「我想你明天要放天假吧？」施顧己問他。

「先生，如果方便的話。」

施顧己說：「一點也不方便，而且也不公平。如果我因此扣你六個半先令的話，我敢說你一定覺得不公平。」

小職員只得苦笑。

施顧己說：「不過，一整天不工作，還要給你錢，你倒不

---

13 「聖人鄧思坦」（Saint Dunsta, 924-988）。他被尊奉為畫家、鐵匠、寶石匠、金匠的守護神。本來他只是個僧侶，因善於政治手腕，成為伊德王（King Eadred）的主要顧問。後來被指派為坎特伯里大主教。狄更斯在他的《少年英國史》（A Child's History of England, 1852-1854）一書中，提到以下一段關於他的著名傳說。鄧思坦是個很聰明的鐵匠，常常誇張地說些有關魔鬼的事。有天他在工作時，魔鬼到他窗戶外面，誘惑他不要工作就可過好日子。正好這時候他的鉗子在火爐裡燒得通紅，就用鉗子挾住魔鬼的鼻子，使牠痛苦萬分，好幾哩外都能聽見牠的哀叫聲（Hearn, 67）。

覺得我吃虧了。」

小職員回答，這只是一年一次。

「每年十二月二十五日[14]就這樣偷人家的錢，這可不是什麼好藉口！」施顧己說著，同時把大衣扣到下巴，「我想你還是要休息一天吧！後天早上記得早點來。」

小職員說他一定會早到，施顧己嘀咕著離開。辦公室轉眼關好，小職員的白圍巾垂到腰際（他沒有厚大衣），跟在一群小孩後頭，沿著康希爾街結冰的路面往下滑，上上下下玩了二十次以慶祝聖誕夜，再很快跑回坎登鎮的家裏和家人玩捉迷藏去。

施顧己一如往常，到他常去的無趣飯店吃頓無趣的晚餐，他看遍所有報紙，然後剩下時間都消磨在帳簿上，最後才回家。他住的房子以前是去世的同僚所有，是一堆矮小建築物中的幾個陰暗房間，與四周很不相稱，樣子讓人以為它是蓋好沒多久後就從別處到這裏來和其它房子玩起捉迷藏，結果卻忘了回去的路，這才留了下來。房子現在已經舊了，也很冷清，因為只有施顧己住這裏，其他房間都已出租當辦公室。房子四周很陰暗，就連對這屋子每塊石頭瞭若指掌的施顧己，也得摸索著前進。老舊漆黑的屋子門口霧氣和寒霜濃重，彷彿氣候精靈[15]就坐在門口憂鬱地沉思。

14　施顧己甚至連聖誕節一詞都不願說出口，顯示他一點也不重視佳節的神聖。對他而言，聖誕日也應該工作（Hearn, 69）。

15　「氣候的精靈」（The Genius of the Weather）是傳說中控制氣候的保護神或守護神，當時通稱為 The Clerk of the Weather（Hearn, 70）

其實，大門上的門環除了很大之外，並沒什麼特別之處。還有，施顧己住進這裏之後，每天都見到這個門環。同時，施顧己本人就像倫敦市裏的任何人——他能大言不慚地說，包括市府官員、市府參事或公會成員 16 ——很少有所謂的幻想。我們也要記住，自從他下午提到去世七年的夥伴後，就再也沒想到過馬立。既然如此，誰能為我解釋，當施顧己剛把鑰匙插入門鎖時，那門環怎會未經任何變化，卻已不再是門環，而成了馬立的臉 17。

馬立的臉！不錯，因為它不像院子裏其他東西黑漆漆的看不清楚。它頭上有微光環繞，像是陰暗地下室裏一隻發臭的龍蝦。馬立臉上沒有怨恨或窮凶極惡的表情，就只是他從前看著施顧己的樣子：怪異的眼鏡架在慘白的前額上，頭髮像被熱風亂吹奇怪地翹起。雙眼雖然睜得很大，眼珠卻文風不動。臉色死氣沉沉，令人毛骨悚然。他雖然看起來可怕，但這恐怖的樣貌與其說是表情，倒像是他自己也無法控制。

施顧己再仔細看一下眼前的景象，只是門環而已。

要說他不覺得驚訝，或說血液中這時沒感受到自出生起就沒有過的恐懼情緒，恐怕也不是真的。但他還是把手放到剛放

16　Ahn 的 1871 年版對於當時英國城市的制度說明如下：「每個城市或自治市鎮是由市長、市府參事和議員組成。倫敦、約克和都柏林三地的市長每年由市府參事中選出，有貴族（Lord）頭銜。參事則是從自由人（freemen）中選出。每個參事代表一個區。倫敦有二十六區，二〇六位議員。在倫敦只有自由人（freemen or burgesses）才可從事商業活動，他們都要隸屬於某個公會，或是自己開公司。許多商人也因此可以穿上其特定服裝或制服（livery）。也所以才有「同業公會會員」（liverymen）一詞（Hearn, 70）。

17　T. W. Tyell 在〈The Marley Knocker, The Dickensian〉（October, 1924）一文中，指出這個門環是在倫敦柯拉文街八號的門上。1840 年時，住戶是一位大衛‧雷斯醫生。由於這個門環實在太特殊（見附圖），因此狄更斯如果見過，一定不會忘記（Hearn, 70）。

誰能為我解釋，當施顧已剛把鑰匙插入門鎖時，那門環
怎會未經任何變化，卻已不再是門環，而成了馬立的臉

開的鑰匙上，用力一轉，走進去，點亮蠟燭。

　　就要把門關上時，他先遲疑停頓一下，確實仔細看了一下門後，彷彿期待看到馬立的髮辮會出現在走廊上嚇他一跳。不過門後什麼都沒有，只有釘住門環的螺釘和螺帽；他「呸！」了兩聲，砰地把門關上。

　　關門聲像打雷般響遍整個屋子。樓上每個房間和地下室裏酒商的每個木桶好像各自都有回聲。施顧己可不是會被回聲嚇倒的人。他把門關緊，穿過走廊，上樓梯，走得很慢，邊走還邊修著燭芯。

　　你盡可大言不慚，說可以把一輛六匹馬拉的大馬車駕上這座老舊的樓梯，或開進一個辭句鬆散、立法不周的議案 18 裏。其實我的意思是，你可以輕而易舉把一輛靈車駕上那道樓梯，而且還是橫的上去，讓橫杆對著牆壁，車門對著樓梯欄杆。寬度很夠，空間也沒問題。也許因此施顧己好像看到一輛靈車就在他眼前暗處經過。街上幾盞煤氣燈不可能把屋子門口照得多亮，所以你可以想像施顧己拿著蠟燭走進去時，屋裏相當的暗。

　　施顧己往上走，一點也不在乎，黑暗有什麼大不了，施顧己不怕黑。不過關上自己厚重的大門時，他想起剛才那張臉，所以還是小心點好，先到房間各處看看，一切如常。

　　客廳、樓梯、臥室、儲藏室，老樣子。桌子底下沒人，沙

―――
18　由於當時英國議會的法案往往措辭模糊，內容破綻百出，因此犯法者能輕易逃避懲罰。當時愛爾蘭民主主義煽動者奧肯諾（Daniel O'Connell）曾大言不慚地說，法案的漏洞大到他能把一輛六匹馬拉的大馬車開進去（Hearn,71）。

發底下也沒有。壁爐的火很小，湯匙和盤子放好了。壁爐架上有一小鍋麥片稀粥（因為施顧己有點感冒）。床底下沒人，衣櫃裏也沒有，掛在牆上的晨袍樣子怪怪的，但裏面也沒人。儲藏室仍然沒有動靜，老舊的壁爐柵欄、舊鞋子、兩支魚網，洗臉台擺在三角架上，還有一支撥火鉗。

施顧己很滿意地把門關上，把自己鎖在房裏，上了兩道鎖，通常他不會這麼做。一切無虞，不怕有什麼怪事。他取下大領結，套上晨袍和拖鞋，戴上睡帽，坐在壁爐前喝著粥。

火實在很小，這麼冷的夜裏實在起不了什麼作用。他不得不靠近點，身體傾在爐火上方，才能從那麼一點點燃料中榨取一絲溫熱感。壁爐很老舊，是個荷蘭商人很久以前蓋的，四周鑲著古怪的磁磚，圖案都是聖經故事。其中有該隱和亞伯、法老的女兒撿到嬰兒摩西、示巴女王、白衣天使自天而降，坐在羽毛般的雲朵上、還有亞伯拉罕、巴比倫王伯沙撒、使徒坐著小船出海等幾百種圖像吸引著他的注意。但馬立那張臉，雖然已經七年未見，卻還是像古代先知的手杖，將那些圖像全都蓋過。要是每塊磁磚起初都是空白的，又有法術可以把他雜亂的思緒變成任何形象的話，那每一塊上面一定會有老友馬立的複製頭像。

「無聊！」施顧己說著，走到房間另一頭。

走了幾趟，他又坐下，把頭靠在椅子上，目光正好落在一個掛在房間裏早已不用的響鈴上。這以前是為了某些不明原因，要和屋子最頂樓的房間聯絡用的。他這時一看，大吃一

驚，心中有股難以言喻的恐懼，因為他看見這鈴正慢慢擺動。起初只是輕微擺動，所以無聲無息。但沒多久，鈴聲越來越大，整間屋裏的鈴也跟著響了起來。

就這樣響了大約三十秒，或一分鐘，對他來說卻彷彿有一小時。鈴聲忽然全部停了，就像開始時一樣突然。接著地底卻傳來叮噹聲，像是有人在酒商地窖裏拖著鐵鍊走過一個個酒桶。施顧己這時想起，以前聽人說過，屋裏鬧的鬼總是拖著鐵鍊。

突然，地下室門砰一聲打開，他聽到下面樓層的吵鬧聲更響了，一步步往樓梯上來，直走向他房門前。

「還不是無稽之談！」施顧己不當一回事，「我才不相信。」

但他臉色倒是變了。因為聲音不斷穿過厚重的門，就在他眼前進入房間。它一進來 19，微弱的燭光突然跳動，像是哭著說：「我認識他，這是馬立的鬼魂！」然後燭光又暗了下去。

不錯，就是這張臉。馬立的鬼魂留著髮辮，穿著平日的背心、緊身褲和靴子。靴上流蘇飄起，他的髮辮和背心下襬也一樣。他手中的鐵鍊盤繞腰際，鐵鍊很長，像條尾巴纏在身上。施顧己看得很清楚，鍊子是用錢箱、鑰匙、鎖頭、帳簿、契約和厚重的鐵鍊串起來的。他渾身透明，所以施顧己能看穿他的背心，看見衣服後面的兩顆釦子。

19　此處稱呼鬼時用它（it），因通常認為鬼魂無性別之分。作者在下面對三個幽靈，只稱呼為它（Hearn, 74）。不過在第一節時，對馬立的稱呼卻是他（he）和它並用（譯者）。

馬立的鬼魂留著髮辮，穿著平日的背心、緊身褲和靴子。
靴上流蘇飄起，他的髮辮和背心下襬也一樣。他手中的鐵
鍊盤繞腰際，鐵鍊很長，像條尾巴纏在身上。

施顧己以前常聽人說馬立是個沒心肝的 20，現在他才相信是真的。

不，此刻他還是不信。雖然他對著這鬼魂看了又看，看著他站在眼前，感受他死氣沉沉的雙眼發出的寒意，注意到綁住頭部和下巴那條摺疊方巾的質料，這條方巾他以前倒沒見過 21。他心中仍舊疑惑不已，不願相信眼前所見為真。

「怎麼了！」施顧己口氣像往日般冷淡刻薄。「你要什麼？」

「多著呢！」不錯，是馬立的聲音。

「你是誰？」

「你還問我是誰！」

「你剛才到底是誰？」施顧己把聲音提高一些，「就個鬼來說，你是有點特色。」本來他要說「跟鬼相比」，但他覺得換個說法比較妥當。

「在世時，我是你的夥伴，雅各・馬立。」

「你能……不能坐下來？」施顧己有點疑惑地問。

「當然。」

「坐吧！」

施顧己這麼問是因為他不知道那麼透明的鬼能不能坐在椅

20　原文是 Marley had no bowels。bowels 本來指人的腸子。以前人體某些部位被認為是情感的來源，而腸子是同情心的所在。聖經《約翰一書》III：17 裡說：But whoso hath this world's goods, and seeth his brother have need, and shutteth up his bowels of compassion from how dwelleth the love of God in him？「關起憐恤的心腸」即出於此。所以馬立在世時和施顧己一樣，顯然對人沒有同情心（Hearn, 74）。

21　以前葬儀社人員習慣用方巾將死者頭部與下巴綁起，因為下顎往往會脫開（Hearn, 77）（見書前附圖之狄更斯遺像）。

子上。要是不行，馬立解釋起來會很尷尬。不過這鬼立刻在爐火前坐在他對面，彷彿已經很習慣這麼做。

「你不相信我是馬立？」鬼問他。

「不信。」施顧己回答。

「除了你的知覺，你還要什麼證明才肯相信真的是我？」

「我也不知道要什麼？」施顧己說。

「為什麼要懷疑你的知覺！」

「因為知覺很容易受小事影響。就像肚子有些不舒服也會影響知覺。你可能是一小塊未消化的牛肉、一口芥末、一小片乳酪、一塊半生不熟的馬鈴薯。不管是什麼，顯然你是虛大於實！」

施顧己並不習慣說笑，此刻心中也一點都不覺得滑稽。其實他只是要裝聰明以轉移注意力，同時減少心裏的恐懼。因為這鬼的聲音讓他毛骨悚然。

他靜靜坐著，盯著對方文風不動的鈍滯眼神，但實在受不了。另外更讓人不舒服的，則是鬼魂身上的陰間氛圍。施顧己本來沒感覺到這點，但事實的確如此。那鬼雖然坐著不動，但他的頭髮、衣襬和流蘇還是像被爐火熱氣觸動一樣飄著。

「你看到這支牙籤嗎？」施顧己為了那特定的理由，立刻重新主導對話。他真希望對方呆滯的眼神能夠移開，就算只有一瞬間也好。

「有的！」鬼魂說。

「你沒在看！」施顧己提醒他。

鬼魂說：「我還是看到了。」

施顧己又說：「我只要吞下這支牙籤，一輩子就會有數不清的精靈鬼怪來折磨我，這都是我胡思亂想造成的。告訴你，我才不相信鬼神這套，無聊！」

馬立的幽靈立刻發出恐怖的尖叫聲，震動身上的鐵鍊，聲音陰森恐怖，施顧己趕緊抓住椅子，生怕暈了過去。不料更可怕的還在後頭。鬼魂把綁在頭上的方巾拿下，好像嫌屋裏太熱，於是整個下巴掉了下來，垂在胸前。

施顧己砰一聲跪在地上，雙手緊緊握在眼前。

「慈悲啊！」他說：「可怕的幽靈呀！為什麼你要來煩我？」

鬼魂回答說：「你這世俗之輩！還相不相信我是鬼魂？」

「我信，我信。」施顧己說：「我一定相信。但你為什麼要到人間來？為什麼找上我？」

鬼魂答道：「每個人的心魂都要來到人間，四處遊走漂泊。要是在世時做不到，死後還是得要補償。他註定要四處漂泊——唉，真是苦啊——親眼目睹在世時原可與人共享並從中得到快樂，如今卻再也無法觸及的事物！」

鬼魂又尖叫一聲，震動身上的鐵鍊，扭絞朦朧的雙手。

施顧己渾身顫抖，問他：「告訴我，你身上為什麼用鐵鍊鎖住呢？」

「我戴的鐵鍊是在世時自己鑄造的，」鬼魂答道，「是我一圈一圈地做，一段一段地接起來，是我自願綁上去，也是自

顧戴上的。你是不是覺得這形狀有點古怪？」

施顧己渾身顫抖得更厲害了。

鬼魂接著又說：「你難道不了解，你為自己戴上的堅硬鐵鍊有多長又有多重？七年前就已經像我身上的一樣重，一樣長了。從那時候起，你就在其中掙扎。這條鐵鍊沉重無比。」

施顧己低頭看看身子四周，以為會看見自己被五、六十噚 22 的鐵鍊困住：但什麼都沒看到。

「雅各，」他哀求道，「雅各・馬立，多說一點，讓我安心點，雅各！」

鬼魂答道：「我要說的都已說完，艾普尼瑟・施顧己，所有訊息都來自其他地方，本該由其他使者傳遞給不同的人。我也不能對你說我要做什麼，我能說的非常有限。我不能休息、不能停下，不准逗留在任何地方。我的靈魂從沒離開比我們辦公室遠的地方——注意聽著！——在世時，我的靈魂從沒走出我們那窄小的兌幣小窗口，如今，眼前還有漫長疲憊的旅程等著我。」

每當想事情時，施顧己習慣把雙手插進褲袋。現在他就是這樣，正想著鬼魂說的話，沒有抬眼看他，也沒站起來。

「雅各，我想你的動作一定很慢。」施顧己一本正經，謙遜中帶著敬意說。

「很慢？」鬼魂重複他的話。

22　一噚約為六呎或 1.829 公尺。

施顧己若有所思地說：「你過世七年，一直都在旅行？」

「一點不錯，從不休息，心中沒有平靜，不斷被懊悔折磨。」鬼說。

「你走得快嗎？」施顧己問他。

「乘著風的翅膀。」鬼回答。

「那麼，七年來你該去過不少地方。」施顧己說。

鬼魂聽他這麼說，又尖叫一聲，並甩動鐵鍊，在死寂的夜裏發出可怕的巨響。這下他可要被門衛控訴妨礙公共安寧了。

「噢，被捆綁纏上雙重鐐銬的囚徒！」鬼魂叫著：「竟然不知，多少年來不朽聖人不斷努力，但在事功彰顯之前，塵世就已灰飛煙滅。不知抱著基督精神——且不管這是什麼——在一方小天地中行善之人，終將發現人生太短而世界又太過廣闊。也不知，再多的悔恨也無法彌補一生中錯失的機會！我就是這樣！我就是這樣！」

「不過，雅各，你以前是個成功的生意人呀！」施顧己結巴說著，他對自己的一生也有同樣的看法。

「生意！」鬼魂高叫，再次絞著雙手。「人類才是我的生意。眾人福祉才是我的生意，慈悲、憐憫、寬容、善心都是我的生意。我生前的事業在我龐大的生意中，不過像海裏的一滴水而已！」

鬼魂雙手提起鐵鍊往前伸出，彷彿這就是他憂傷的根源，然後又重重摔倒地上。

「歲月流轉，每年這個季節我最感痛苦。我在世時為何垂

頭來往於人群之間，卻不抬頭仰望那受上帝保佑，引導三位智者到窮人之家的星辰？難道已經沒有窮人可讓那星光指引我嗎！」

施顧己很怕聽到鬼魂就這樣一直說下去，全身劇烈顫抖著。

「聽我說！」鬼魂大叫，「我的時間快到了」

「我會聽。」施顧己說：「但別對我那麼兇，別拐彎抹角。馬立，拜託。」

「我無法告訴你為何要在你面前現身。我曾經在你身旁隱身坐了好多日子。」

施顧己渾身冷顫，聽起來真不是味道。他把額頭的汗珠擦掉。

鬼魂接著又說：「我這樣懺悔並不輕鬆。今晚我是來警告你，讓你知道還有機會和希望可以避免我的命運。施顧己，這是我特地給你的機會與希望。」

「謝謝你，你一向是我的好朋友。」施顧己說。

鬼魂又回到主題：「會有三個幽靈來找你。」

施顧己的臉色一沉，像剛才那鬼的下巴掉得一樣低。

「雅各，難道這就是你剛才說的機會和希望？」他很不自在地問。

「不錯。」

「我……我看還是免了吧！」施顧己說。

鬼魂鄭重地說：「他們來訪才能使你免於我走過的路。第

一個在明天凌晨敲響一點整的鐘聲時會過來。」

「馬立，他們不能一起來嗎，把事情一次解決？」施顧己暗示他。

「第二個後天晚上同一時間來。第三個再下一晚的十二點最後一聲鐘響過後就到。我們不會再見面，你要記得，為了你好，記得今晚我們之間發生的事。」

說完這些話，鬼魂拿起桌上的方巾，像先前一樣綁在頭上。施顧己從輕巧的說話聲聽得出來，鬼的下巴已經套了回去。他壯膽抬起頭看，發現他的超自然訪客直挺挺站在面前，鐵鍊纏在手臂上。

鬼魂慢慢倒著走，每退一步，後面的窗子就往上抬起一點，退到窗邊時，窗子已完全打開。他招手要施顧己過去，當他們之間還差兩步時，馬立的鬼魂舉起手，警告他別再靠近。施顧己停下來。

施顧己並非全然服從，而是眼前景像嚇壞了他。鬼抬起手時，他感到空氣中的吵雜聲，不和諧的傷心和悔恨的哭聲，難以形容的悲痛自譴哀怨。鬼聽了一會兒，也加入哀傷的行列，飄浮在窗外黝黑淒涼的夜裏。

施顧己很好奇，趕緊走到窗邊往外看。

天空中滿是鬼魅，四處漂浮，哭叫著，焦慮中不知何去何從。每一個都像馬立的鬼魂一樣，身上戴著鐵鍊，有幾個（可能是貪官污吏）被綁在一起，個個身不由己。施顧己看到好幾個以前認識的人。其中一個年紀很大的鬼他很熟悉，身穿白色

天空中滿是鬼魅，四處漂浮，哭叫著，焦慮中不知何去何從。

背心，腳踝掛著一個很大的保險箱。他因為無法幫助一個帶著
嬰兒的貧窮婦人而哭得很淒慘。他只能看著他倆坐在下面的台
階上。顯然這些鬼魂的痛苦在於，他們有心參與人間事，卻已
永遠無能為力。

　　施顧己弄不清到底是這些鬼漸漸融入濃霧中，或是霧氣吞
噬了他們。總之他們的身影和哭聲同時消失了，夜晚又回到他
剛回家時的樣子。

　　施顧己關上窗戶，檢查一下鬼魂進來的門。老樣子，上了
兩道鎖，就跟他剛才親手鎖上的一模一樣，閂閂沒被動過。他
想說聲「無聊！」不過沒說出口就打住。他實在很需要休息，
也許是剛才經歷的事使他太激動，或許是這天太過疲憊，或是
無意中撞進鬼的世界，或是和鬼的對話太無聊，或只是夜深
了。他太需要睡眠，於是直接上床，連衣服也沒脫，一躺下就
睡著了。

2

往日鬼

往日鬼

施顧己醒來時，四周一片漆黑，從床上看出去，一時分不清透明的玻璃窗和房間幽暗的牆壁。他想看清黑暗中的東西。這時，附近教堂的鐘聲響起三刻鐘的聲音，他等待著整點來臨。

奇怪的是，大鐘竟然接著從六打到七，從七打到八，一路直敲到十二才停止。十二點！怎麼可能，他兩點過後才上床。大鐘一定錯了，機件大概被冰柱凍住，不然怎麼會是深夜十二點。

他按了一下掛錶的彈簧，要改正這離譜的錯誤。不料掛錶活潑的小心臟也響了十二下才停下來。

「怪了，怎麼可能？」施顧己百思不解，「我怎麼會睡了整個白天又到晚上。太陽不可能出錯，現在是中午十二點！」

他越想越不對勁，立刻滾下床來，摸索著走到窗邊，他得用晨袍的袖子擦一下窗上的結霜才看得到外面，但還是不太清楚。他能看到的只是外邊的霧氣還很濃，而且很冷，也沒有人走動的聲音。要是黑夜又已驅逐了白晝，再次統治世界，應該會有吵雜喧嘩聲。不過，套用一句商場常用的術語，「見票後三日在『交易所』支付施顧己先生或其指定用途」等等，如果不用計算日子，那麼每張期票豈非都像美國州政府的擔保 01 ——

01　1830 年代，美國有些州政府為了從事公共建設，未獲聯邦政府准許就向國外舉債，尤其是向英國。由於受到 1837 年經濟危機影響，許多州政府無力償還，因而削弱了美國在國外的信用（Hearn, 84）。

樣可以耍賴。

施顧已回到床上，絞盡腦汁想了又想，也想不出為何會這樣。他越想越迷惑，越想把整件事忘掉，就越是想到這件事。

馬立的鬼魂困擾著他。每次他冷靜思考後，認為這只不過是場夢，但心思總是按捺不住，像條強力彈簧又反彈到原來的位置，把同樣的問題擺到眼前：「真的是個夢嗎？」

施顧已無奈地躺著，鐘聲已敲過三刻鐘。他突然坐起，馬立的鬼曾警告他，一點的鐘聲響起時會有訪客。他決定躺著不睡，等一點過後再說。反正現在他要睡著比要上天堂的指望還小，也許這已是他所能做的最好決定。

這一刻鐘可真難熬，好幾次他還以為自己不知不覺開始打盹，錯過了時間。最後，一點的鐘聲終於響了。

「叮，咚！」

「一刻鐘。」施顧已邊算邊說。

「叮，咚！」

「半點了。」施顧已說。

「叮，咚！」

「三刻鐘了。」

「叮，咚！」

「到了！什麼事也沒有！」施顧已興奮地說。

他說話時，鐘聲其實還沒響完，這時才傳來低沉、單調、空洞、憂鬱的最後一記鐘聲。房間的光線立刻亮起，床上的帳幔也自動打開。

　　告訴你，他的帳幔是被「一隻手」打開的。而且拉開的不是腳邊或背後的帳幔，而是他面前的帳幔。帳幔被拉到一邊，施顧己立刻驚得半坐起來，發現自己正面對著拉開帳幔的非人訪客，近得就像現在你我之間的距離，我是個精靈，正站在你身旁。

　　眼前的人非常奇特——說是小孩又不像小孩，倒更像是老人。彷彿透過某種超自然介質，使它看起來逐漸退縮，最後縮成小孩的比例。它的頭髮垂到頸部與背後，白得像是上了年紀，臉上倒是毫無皺紋，皮膚紅潤光滑。手臂又長又壯；手掌也一樣，抓起來可能力大無窮。腿腳細小瘦長，和上肢一樣不加遮掩。它身穿一件極白的長袍，腰部繫著閃亮的帶子，發出極美的光芒。手上拿著一支新鮮的冬青，不過與這冬天標誌極不相稱的，就是衣服上綴著盛夏的花朵。最奇怪的是，它頭上射出一道明亮的白光。就是這道光芒，使一切都看得清清楚楚。毫無疑問，當它不亮時，是用頂帽子像熄燈器般蓋住。此刻它把帽子用手臂夾著。

　　令人難以理解的是，施顧己再仔細看時，發現這些還「不」是最奇怪的。它的腰帶時而有一處閃爍，時而另一處發光，所以到處時明時暗，它的身體也就在明暗中改變外貌。有時只有一隻手，有時只有一隻腳，有時卻有二十隻腳，有時見腳不見頭，有時見頭不見身體。這些消失的身體部位，彷彿融入濃密的黑暗中，不見輪廓。正當施顧己訝異之際，又會恢復原貌，清晰地出現眼前。

　　施顧己問它：「你是來找我的幽靈？」

　　「不錯！」這聲音低沉且輕柔文雅，宛如來自遠處，而非近在眼前。

　　「你到底是什麼人？」施顧己不客氣地問。

　　「我是過往聖誕節的幽靈。」

　　「很久以前嗎？」看著對方矮小的身材，施顧己忍不住問道。

　　「不是，是你的過去。」

　　若是有人發問，施顧己還真說不出個道理。但他真希望看到這幽靈戴上帽子，於是便請對方把帽子戴上。

　　幽靈立刻大叫：「怎麼，你竟這麼快就要用世俗的手熄滅我發出的光？當初帽子是你怪脾氣下的產物，那麼多年來一直逼我把帽子往額頭下壓。這還不夠嗎？」

　　施顧己很客氣地否認有意冒犯，並表示一生中從未基於惡意要幽靈戴上帽子。接著他大膽問它來訪的目的。

　　幽靈說：「為了你好！」

　　施顧己表示自己十分感激，不過心中忍不住嘀咕，讓他好好睡一覺不是更好嗎。幽靈顯然聽到了他的想法，立刻就說：「為了感化你。小心！」

　　幽靈一面伸出強壯的手，輕輕抓住他的手臂。

　　「起來，和我一起走。」

　　就算施顧己哀求，說這個時間和這種氣溫都不適合散步、說棉被很暖和、現在溫度比零度低很多、說他穿得很單薄，只

有拖鞋、晨袍和睡帽，並有感冒在身全都沒用。雖然幽靈像女人般輕輕抓住他的胳臂，卻不容他抗拒。他跟著飛起來，發現幽靈帶著他往窗邊走，於是他趕緊抓住對方的長袍哀求。

「我是個凡人，會跌下來的。」施顧己哀求道。

「只要讓我的手碰一下，」幽靈說著，把手放在施顧己胸口，「你就能飄得比現在還高。」

話沒說完，他們便已穿牆而過，站在一條開闊的鄉間小路上，兩旁盡是田野。大城市已完全消失無蹤，一點影子也沒了。黑夜和霧氣也跟著消失，現在是明亮寒冷的冬日，地上覆著積雪。

「天啊！」施顧己雙手緊緊握住，遙望四周。「這是我長大的地方，小時候我就住這兒。」

幽靈和藹地望著他。施顧己顯然還能感覺到剛才短暫輕柔的碰觸。他聞到空氣中飄浮著千百種氣味，每一種都令他想起早已忘懷的許許多多想法、期望、歡樂與憂愁。

「你的嘴唇怎麼在顫抖！」幽靈問他「你臉上那是什麼？」

施顧己喃喃說那是面皰 02，語調不尋常地有點哽咽，然後請幽靈讓他到想去的地方走走。

「你記得路嗎？」幽靈問他。

「開玩笑！」施顧己有點激動，提高嗓門說：「蒙著眼我

---

02 原文 pimple。施顧己不好意思說自己掉下眼淚（Hearn, 84）。

都記得。」

　　幽靈附和說：「不過奇怪，你竟把故鄉忘了那麼久！我們走吧。」

　　他倆沿著小路走。施顧己還記得每一道柵門、每一個路標和每一棵樹。沒多久，前方出現一個小市鎮，有條彎曲的小河、一座橋樑和教堂。幾個小孩騎著毛髮蓬鬆的小馬正朝他們走來，一面對農夫駕的二輪馬車或推車上的小孩大叫。這些孩子興高采烈對彼此高聲呼叫，在廣闊的原野上交織成歡樂的音樂，清新的空氣聽了也不禁笑出聲來。

　　幽靈對他說：「眼前這些只是往事的影子。他們看不到我們的存在。」

　　歡快的路人迎面而來，走到面前時，施顧己認出每個人，並叫得出他們的名字。看到他們怎會讓他這麼高興！他冷漠的眼中又怎會閃著淚光，這些人走過為何讓他心跳不已。當他們在路口分手，各自回家互道聖誕快樂時，他又為何這麼快樂？聖誕快樂對施顧己來說算得了什麼！去他的快樂聖誕！聖誕節給過他什麼好處？

　　幽靈對他說：「學校那邊還有人。有個孤獨的小孩，朋友都不理他。」

　　施顧己說他知道，然後開始抽泣。

　　他們離開大路，走過一條很熟的巷子，不久就來到一座單調的紅磚大宅，屋頂小閣樓上裝著風信雞，裏面還掛著鈴鐺。這塊產業很大，卻一副破敗的模樣。幾間廚房和儲藏室少有人

用，外牆潮濕生苔，窗子都破了，門也壞了。家禽在畜舍附近咯咯走動，馬廄和棚屋處處雜草叢生，屋內也失去原有的風貌。他們走進陰沉的門廳，一眼望去，許多房門開著，陳設簡陋，處處冷清空蕩。屋裏有股泥土味，讓人感覺冷落空洞，並聯想到也許屋裏的人很早就得點蠟燭起來工作，而且還沒什麼東西可吃。

施顧己和幽靈走過大廳，來到屋子後方一道門前。門已被打開，看得見裏面是個暗淡的長方型房間，家具簡單，只有幾排木頭桌凳，看起來更顯冷清。有個孤單的孩子正在微弱的爐火旁讀書。施顧己也坐到凳子上，看到早已遺忘的往日可憐的自己，不禁悲從中來。

任何聲音，不管是房間裏輕微的回聲、木板牆後老鼠的吱叫聲和吵鬧、後院裏半融化的水自排水管滴下、白楊樹枯枝的嘆息、儲藏室大門無言的搖擺、或是火爐的劈啪聲，都讓施顧己心中感到慰藉，淚水更流個不停。

幽靈碰碰他的手臂，指著正專心看書的年輕施顧己。突然，窗外出現一個穿異國服飾的人，看來栩栩如真。他的腰間插著一把斧頭，手牽一匹綁著木柴的驢子。「那不是阿里巴巴 03 嗎！」

「啊，就是阿里巴巴！」施顧己高興地叫出來，「他第一次來就是有年聖誕節，那小孩孤伶伶被留在那裏的時候，就是——

---

03 這裏所提到的都是狄更斯喜愛的童話、傳奇或小說中的人物。他的作品中最常提到的書，除了莎士比亞與聖經外就是《天方夜譚》（The Arabian Nights）。而其中又以〈阿里巴巴與四十大盜〉一篇提到的次數最多（Hearn, 91, 92）。

那個樣子。可憐的孩子。」他又說：「那是華倫坦和他的野人弟弟奧森 04，他們走過去了。那個人……睡著的時候穿著內衣褲被吊在大馬士革城門口的，他叫什麼，你看到了嗎？還有，精靈把蘇丹的馬伕頭上腳下吊著。活該，他根本就沒資格和公主結婚 05。」

　　要是施顧己在倫敦商界的朋友這時見到他對這些事情如此認真，半哭半笑間發出的特殊聲調，還有興高采烈的表情，一定會大吃一驚。

　　「還有那隻鸚鵡，」施顧己接著又說：「綠色身子，黃尾巴，頭上還長個像萵苣的東西。『可憐的魯賓遜』，鸚鵡這麼叫他，從荒島上搭船回到家時，鸚鵡說：『可憐的魯賓遜，你到哪去了？』他還以為在作夢呢，但當然不是。真的是鸚鵡在叫他。還有星期五那傢伙，跑到河邊逃命。喂！救命啊！救命啊！」

　　迥異於平常的施顧己，這時對往日的自己用憐惜的語氣說：「可憐的孩子！」然後再次失聲痛哭。

　　「我希望──」施顧己囁嚅著，把手放進口袋，用袖子擦

<hr />

04　《華倫坦與奧森》（The History of Valentine and Orson）是通俗的法國傳奇故事。約在 1565 年由 Henry Watson 譯成英文。華倫坦與奧森本是雙生兄弟，是康斯汀諾波國王的兒子。但出生時兄弟就被分散，奧森被熊帶走，變成野人，而華倫坦成了法國宮廷武士。最後經過一番波折，兄弟終於團聚，奧森也恢復原本的身分（Hearn, 92）。

05　「蘇丹國王的馬伕」指《天方夜譚》第 20-23 夜的故事 Noureddin Ali of Cairo and His Son Bedreddin Hassan。故事主角哈珊遇到精靈，知道有個女子與他很匹配。但她是大臣的女兒，已經許配給蘇丹駝背的馬伕。婚禮舉行時，精靈把哈珊送到皇宮替代未來的醜丈夫，並把新郎在結婚之夜倒掛起來。由於精靈須在天亮前回去，哈珊便在清晨和他一起走。他們經過大馬士革城門口時，哈珊被擋了下來。就這樣經過好幾十年，其間哈珊還做過廚子，他太太也生下一個孩子，全家才團圓（Hearn, 92）。

乾眼淚，看看四周：

「不過已經太遲了！」

「什麼事？」鬼問他。

「沒什麼。昨晚有個小孩在我家門口唱聖誕歌。真希望當時能給他點東西。」

幽靈心領神會地笑了笑，擺擺手說：「我們再看另一個聖誕節。」

話一出口，施顧己往日的自己就開始變大，房子也變得比較陰暗骯髒。牆壁縮了，窗戶裂了，天花板的泥灰碎片也掉下來，露出鋼筋。至於怎麼說變就變，施顧己就像你我一樣也不明白。他只知道房間是這個樣子沒錯。當時一切就是這樣，當其他小孩都回家快樂過節時，他還獨自留在這裏。

此刻他沒在看書，只是沮喪地來回走著。施顧己看看幽靈，憂傷地搖搖頭，焦急地望著門。門開了，有個比他年輕的小女孩衝進來，雙手立刻抱著他的脖子，不斷吻他，叫他，「親愛的哥哥！」

「我是來帶你回家的，哥哥。」小女孩說，雙手鼓掌叫好，高興地笑到彎下身子，「帶你回家，回家，回家。」

「小芳，回家？」男孩問她。

「是啊！」小女孩很高興地說：「永遠離開這裏，回家去，永遠不再離開。爸爸現在比以前好了，家裏就像天堂一樣！有天晚上我要上床的時候，他很溫柔地跟我說話，我就大膽問他能不能讓你回來，他說可以，你應該要回來。他還叫馬

車讓我來帶你回家。你已經長大了！」這小孩說話時，眼睛睜得大大的。「不必再回來這裏。不過現在，我們要一起好好過這個聖誕假期，高高興興慶祝一下。」

「小芳，妳長大了！」男孩禁不住說。

她邊拍手邊笑，想碰他的頭，但她太矮了，只能笑著踮起腳抱著他。接著，她孩子氣地迫不及待將他拉向門口。他並不願留下，於是便跟著她走。

突然，走廊那邊傳來恐怖的叫聲，「把施顧己先生的行李帶下來，放在那邊！」校長出現在走廊上，模樣雖紆尊降貴，卻惡狠狠瞪著施顧己，握手時更嚇得他驚恐萬分。接著，他帶施顧己和妹妹來到一間冷得像古井的會客室，牆上的地圖和窗台上的天體儀和地球儀都凍得發白。校長拿出一瓶古怪的淡酒和一塊奇怪的粗蛋糕 06，將這些糕點一塊塊送上給兩個年輕人，同時叫個面有菜色的佣人送杯「飲料」去給車夫。不過車夫答道，謝謝校長，但飲料如果是先前喝過的那種，那就別客氣了。施顧己的行李箱這時已綁在馬車頂上，兩個孩子高興地和校長道別並上了馬車，很快駛上花園裏的曲徑，急速奔馳的車輪把常青樹綠葉上的冰霜震落，宛如水花飛濺。

「她的身體一向嬌弱，一口氣就能把她吹倒，」幽靈若有所思地說：「但她心地真好。」

「真是這樣，」施顧己哭著說：「你說得對，我不會否

06　當時英國私立學校有項傳統，學生離校時，校長要拿出「半生不熟的蛋糕和自釀的酒」來送行（Hearn, 95）。

認，天理不容的！」

「她死時已經結婚，」幽靈接著說：「我記得，還有孩子。」

施顧己回答：「她有個孩子。」

「不錯，你的外甥。」鬼說。

施顧己心中有點不安，只簡短地說：「是。」

他們前一刻剛離開學校，下一刻就到了一個大城中的繁忙交通要道，行人熙來攘往，大小馬車爭相搶道，正是一派吵鬧喧嘩的大城景象。從店鋪的裝飾明顯看出，這時正是聖誕節，這時正是傍晚，街上燈火通明。

幽靈在一間辦公室門口停下，問施顧己知不知道這地方。

施顧己說：「開玩笑，我就是在這兒當學徒的！」

兩人走進去。眼前是個戴假髮的老先生，坐在一張高桌後頭，要是他再高個兩吋，頭一定會碰到天花板，施顧己興奮地叫出聲來：

「那是不是老費茲維嗎！上帝保佑他的好心腸，他又活過來啦！」

老費茲維放下筆，看看時鐘，這時正好七點鐘 07。他揉揉手，拉拉鼓脹的背心，打從心裏高興地笑出來，然後用圓潤飽滿的聲音叫道：

「唷呵，你們兩個！艾普尼瑟、迪克。」這時的施顧己已

07　費茲維算是提早關門；當時一般商店是九點休息（Hearn, 96）。

長成一個年輕人，快活地和另一個學徒一起進來。

「迪克‧威爾金，就是他！」施顧己對幽靈說：「不錯，就是他。他跟我很要好。可憐的，親愛的迪克。」

「唒呵！你們兩個小子，」老費茲維說：「今晚別工作了。聖誕夜呢！迪克，聖誕節了，艾普尼瑟。把窗板關上！把門窗關起來。」老費茲維俐落地拍掌叫道，「看看你們動作能有多快！」

你一定不相信這兩個小子動作有多快。兩人抓著窗板衝出去，一二三，裝上去，四五六，上閂壓緊，七八九，還沒數到十二，他們就衝進來了，喘得像賽馬一樣。

「嗨呵！」老費茲維靈活地從高桌後跳下來說：「夥計們，把東西搬開，把空間騰出來。嗨呵！迪克，高興點，艾普尼瑟！」

搬開！只要老費茲維在場，他們哪有什麼不願搬或搬不動的。一下就好了。能移動的東西都堆起來，像是永遠都用不著了。地板掃過擦過，修剪了燈芯，壁爐裏加了炭，整個辦公室立刻變成冬天時最想看到的舒適溫暖，乾爽明亮的舞廳。

這時一個小提琴師帶著樂譜進來，爬上高桌當作樂隊席，調音時宛如肚子痛的慘叫。接著費茲維太太來了，滿臉堆著笑容，再來是費茲維家三位美麗可愛的小姐，後面跟著六個為了她們心碎的年輕人。然後是全公司的年輕男女，老費茲維家的女傭帶著當麵包師的堂哥進來，廚師也帶著她哥哥送牛奶的好朋友來了。對街的小伙子也到場，讓人懷疑他主人是不是沒讓

他吃飽，這時他躲在隔壁家的小女僕身後，她的耳朵顯然剛被女主人擰過。一個接一個，大家都到了。有的人大膽、有的害羞、有的大方、有的彆扭、有的推擠、有的拉扯，但無論如何，大家都來了。然後大家下場跳舞，一下就來了二十對，手牽手繞了一圈，從另一個方向跳回來，再從場中跳向另一頭。轉著轉著，不時形成緊密的一群群。原來領頭那一對總是轉錯地方，接著換後面那一對領舞，但跳到同個地方時一樣轉錯。最後所有人都領過舞，後頭再也沒人幫忙。老費茲維一見如此，便拍手大喊：「跳得好！」提琴手臉頰火燙，趕緊趁機喝一大口特地為他準備的黑啤酒。不料他一回座，竟然不要休息，場中雖已沒人跳舞，仍舊立刻開始演奏。彷彿另一個提琴手已經累壞，被人用擔架抬了回去，而他是新來的，不打敗對手決不罷休。

接著又跳舞，玩罰物遊戲 08，再接著跳舞，又上了蛋糕和熱甜酒，還端上一大塊冷的烤牛肉和碎肉派，以及喝不完的啤酒。但今晚的高潮在烤牛肉和燉肉之後才出現。提琴手（小心點，他像狗一樣精，完全胸有成竹，不用我們教他怎麼做）奏起〈羅傑·柯維利爵士〉09，這時，老費茲維下場和費太太共舞，他們在前頭領舞，兩人都是硬底子舞者。有三、四對跟著下場，不一會兒就有了二十對之多。這些人可不能隨便敷衍，

08　forfeit，這種遊戲中，犯規者必須交出身上一件東西，經過戲謔的處罰後才能拿回來。

09　〈Sir Roger de Coverley〉，這首舞曲是 19 世紀英國人人熟知的曲子，往往是晚會最後的壓軸。作者在此的描述比實際複雜，並加入其他曲子的舞步。狄更斯的女兒 Mamie 在 1896 年的回憶錄 My Father as I Recalled Him 一書中提到，她父親很喜歡和大家跳這首曲子（Hearn, 99-100）。

他們都是寧可跳舞也不願走路的人。

　　不過就算人數多一倍，甚至四倍，老費茲維也能跟他們比到底，費茲維太太也一樣。不管在哪方面，她都是老費茲維的好伴侶。要是這麼誇還不夠，你能說得出更好的形容，我一定照你的寫。老費茲維的雙腿彷彿會發光 10，像月亮般在每一道舞步中發出光芒，你完全猜不透下一刻會是什麼舞步。從頭到尾，老費茲維和費太太你往前一步，我後退一步，牽著舞伴的手，互相鞠躬屈膝。大家握住雙手，輪流從手下穿過，轉身又回到原來位置。老費在空中一剪腿，靈活地像眨眼一樣，隨即又輕巧地穩穩落地。

　　當鐘聲敲響十一點，這個家庭舞會也結束了。費茲維先生與夫人站在大門口兩邊，和每一位離開的男女客人握手，祝賀他們聖誕快樂。到最後只剩兩個學徒，老費茲維夫婦也同樣和他倆握手賀節。當歡聲笑語漸逝，兩個小伙子也爬上店面後方櫃台下的床鋪。

　　從舞會開始這整段期間，施顧己就像失了魂，全副心神都在往日的自己身上。他確認眼前的每一件事、記得每一件事、享受每一刻、並莫名激動不已。直到最後，往日的他和迪克快樂的臉龐消失時，他才記起幽靈在身邊，並發覺它專注地看著他，頭上的光芒仍然十分明亮。

　　「不過一點小事，」幽靈對他說：「就讓這些傻瓜感激不

10　狄更斯在此用 light 一字玩了「光芒」與「輕盈」的雙關語文字遊戲。

不管在哪方面，她都是老費茲維的好伴侶。
要是這麼誇還不夠，你能說得出更好的形容，我一定照你的寫。

盡。」

「小事。」施顧己應聲答道。

幽靈打個手勢，叫他聽兩個學徒在下面說話，衷心感謝老費茲維。等他們說完，幽靈接著說：

「你看，我說吧！他只不過花了幾鎊你們凡間的錢，也許三、四鎊吧！這就值得你們如此誇讚？」

「重點不在花錢，」施顧己因為幽靈的話而有點激動，說起話不自覺地像往日的自己，而非現在的他。「你要知道，重點不是錢。他有能力讓我們快樂或不快樂，讓我們工作輕鬆或沉重，充滿樂趣或像做苦力。就算他的力量在於言語和神色，或是許多微小到根本不值得計算的小事上，那又怎樣？他為我們帶來的快樂卻像花了一大筆錢才能做到的。」

他發覺幽靈看著他的眼神，就停了下來。

「怎麼了？」幽靈問他。

「沒什麼。」施顧己回答。

「我覺得有什麼。」幽靈堅持道。

「沒什麼，」施顧己說：「沒什麼。我只是想跟我的員工說一、兩句話。」

當他說出心中的願望，往日的自我也把油燈轉小。下一刻，施顧己又和幽靈並肩站在屋外。

「我的時間不多了，快點。」幽靈對他說。

它不是對施顧己說，也不是對身旁任何人說話，不過立刻就產生了效果。施顧己再次看見往日的自己，這次他的年紀大

了點，正值人生的黃金時期。臉上不像年老時有嚴酷的明顯皺紋，不過已開始出現煩惱和貪婪的跡象。眼中閃爍著焦急、貪慾、充滿不耐的神色。顯示貪念已在心中生根，由此長出的大樹將要投下陰影。

他不是單獨一人，正坐在一個穿著黑色喪服的美麗女孩身邊。女孩眼中有著淚珠，在來自過去聖誕節的幽靈發出的光芒中閃閃發亮。

「這沒什麼，」她輕聲說：「對你來說只是小事。你心裏已經有另一個偶像取代了我。要是它未來能像我一樣安慰你，鼓舞你，那我也沒什麼好難過了。」

「什麼偶像取代了妳？」他質問她。

「一個金色的偶像。」

「這只是世上的公平競爭，」他說：「人生之苦莫過於貧窮，最為世人嚴厲譴責的也莫過於追求財富。」

她仍溫柔地說：「你太恐懼這個世界了。你的一切希望現在合而為一，只想著避免貧窮帶來的羞恥。我看著你一個接一個放棄崇高的理想，最後只剩下『賺錢』這個慾望將你整個人佔據。我看到的不是這樣嗎？」

「那又怎樣？」他回答她，「就算我變聰明又有什麼不好？我對妳沒有變心啊。」

她搖搖頭。

「我變了嗎？」

「很久以前，我們許下誓言，當時我們沒錢，也甘於如

此，只希望藉著勤勞與耐心改變經濟狀況。但你變了，當時的你不是這樣的人。」

「那時候我還年輕。」他不耐地說。

「你心裏明白，當時的你不是現在這樣，」她回答說：「我沒有變，以前我們兩人同心時，幸福近在眼前，但如今我們充滿憂慮，只因為不再同心了。你無法想像我有多擔心這件事。我要說的是，我考慮過了，可以讓你離開。」

「我表示過要解除婚約嗎？」

「沒有，你從來沒說過。」

「那是怎麼了？」

「你的性格不一樣了、心意變了、生活態度也變了，那另一個『希望』成了你最終的目標。從前我在你眼中最值得珍惜的情意也變了。」女孩溫柔但堅定地看著他，「告訴我，如果我們之間沒有過這段感情，如今你還會要我，想贏得我的心嗎？不會吧！」

口頭上雖然沒說，他卻不能不承認她的假設是對的。他掙扎著說：「妳以為我不會嗎！」

「我當然希望不是如此，」她答道，「但天知道，當我體認到這真相時，就知道再也無法阻止這件事了。假設你今天、明天、或昨天可以自由選擇，我能相信你會找上這個沒有嫁妝的女孩嗎？……以你對她相知之深，都還是以財富衡量一切。或要說你是一時昏頭，忘了自己的原則而選了她，我難道不明白接下來你會有多難過懊悔嗎？我知道會，所以讓你離開。為

了對以前那個你的愛意，我全心願意如此。」

　　他本來要開口，不料她轉過身繼續說：「你可能會很短暫地感到心痛——過往的記憶讓我希望你會。但你大概不久就會高興地把這些當作一個無用的夢，忘得一乾二淨。讓你從夢中醒來未嘗不好。祝你在自己選擇的生活中幸福快樂。」

　　她走了，兩人就此分別。

　　「幽靈，」施顧己說：「我不要看了！帶我回家。你為什麼要這樣折磨我？」

　　「還有一幕，」幽靈不客氣地回答。

　　「不要了！」施顧己大聲哀叫，「不要，我不想再看，別給我看！」

　　無情的幽靈用雙手將他挾住，逼他看下一幕。

　　眼前出現的是異地一景。那房間不大，也不豪華，但溫馨安逸。有個漂亮女孩坐在爐火旁，很像上一幕那個女孩。直到看見『她』前，施顧己還以為是同一個人，她是個婉約秀麗的主婦，坐在女兒對面。房間的吵鬧聲真是驚天動地，因為到底有幾個小孩，施顧己此刻激動的心中實在數不清。不像那首名詩中說的羊群[11]，眼前不是四十個小孩乖乖像是只有一個，而是每個小孩都跟四十個一樣吵，結果自然鬧得難以置信。可是沒人在意。相反的，母女兩人也哈哈大笑，非常高興。不一會，大女兒也加入，被最小的搗蛋鬼整得灰頭土臉。要能夠成

11　指浪漫派詩人華茲華斯（William Worthwoth）的詩〈Written in March〉（1802）。其中有一段：The Cattle are grazing/Their heads never raising/There are forty feeding like one!（牲口低頭吃草，牠們頭兒不抬，四十宛如一頭）（Hearn, 103）。

為其中一份子，我就是傾家蕩產也願意。但我絕對不會那麼粗野，絕對不會！就算給我全世界的財富，我也不會弄亂拉扯那剛編好的髮辮。還有那珍貴的小鞋子，上帝保佑我的靈魂，我絕對不會把它扯下來。真不敢相信，這群放肆的小鬼，竟然量著她的腰身玩鬧，我怎麼也做不出來。要是我敢把手繞著她的腰，一定會受到懲罰，讓手永遠伸不直。只是我得承認，真希望能觸到她的芳唇，求她雙唇微張，毫不羞赧地凝視她低垂雙眼上的睫毛。希望能鬆開她波浪般的秀髮，那一小撮就有無上價值。總之，我承認，真希望能享受一丁點那些孩子的放肆，又能像個大人體會這有多麼珍貴。

　　突然傳來敲門聲。這群興高采烈吵鬧的小鬼立刻擁著她走到門口。她衣服有點亂，仍是滿臉笑意，來到門口正好迎接孩子的父親進門。他身旁有個人，抱著好多聖誕節玩具和禮物。可憐的送貨員一下就受到圍攻，叫聲和掙扎不斷。小鬼拿椅子來搶東西，搜他的口袋，搶走他手上的紙盒，抓住他的領結，抓緊他的脖子，捶他的背，狂熱地踢他的腳。打開禮物時又是一陣驚喜歡叫。混亂中有人發現小嬰兒正把一個玩具娃娃的炒鍋放進嘴裏，而且很可能把一隻黏在木盤上的假火雞吞下去了！還好，只是虛驚一場，大家鬆了口氣。其實歡樂、感激和激情都極為相似。沒多久，小孩子帶著他們興奮的情緒慢慢離開客廳，百般不願地一步步踏上樓梯，到樓上房間上床睡覺。

　　此刻施顧已比剛才更注意眼前景象。這家主人和母女兩人坐在壁爐邊，女兒親熱地靠在他身上。當他想到，那美麗又前

途光明的女孩原本可能會叫他父親，並為他生命凋零的寒冬帶來春天時，視線不由得模糊起來。

「貝兒，」先生微笑著轉向妻子，「今天下午，我見到妳一個老朋友。」

「誰啊？」

「猜猜看。」

「我怎麼猜得到，塔特，我不知道。」她加上一句，微笑著說：「是施顧己先生嗎？」

「就是他，我走過他辦公室窗口，那時還沒關上，裏面點著蠟燭，我免不了看見他。聽說他的合夥人快死了，施顧己自己一個坐在裏面，看起來真的很孤單。」

「幽靈！」施顧己泣不成聲，「帶我離開這地方。」

幽靈說：「我告訴過你，這些都是往事的影子。是真正發生過的事，別怨我。」

「帶我走！」施顧己大叫，「我受不了！」

他轉向幽靈。發覺幽靈正看著他的那張臉，奇怪地混合著今晚見過的各種面貌，他和幽靈扭打起來。

「放過我！帶我回去！別再來煩我！」

施顧己的掙扎其實說不上掙扎，幽靈絲毫沒有阻止他，也未因此慌亂。施顧己發現幽靈頭上的光芒還是明亮高聳，隱約想通了它的力量來源，於是拿起帽子般的熄燈器迅速壓在幽靈頭上。

幽靈縮了下去，熄燈器把它整個蓋住。施顧己雖然用力

壓，卻仍無法把光熄滅。光線從帽子下流洩而出，照在地上。

　　施顧己知道自己很累，擋不住的睡意襲捲而來。同時，他已回到自己的房間。最後他用力壓下帽子，手鬆開來，還來不及倒在床上，就呼呼睡去。

施顧己雖然用力壓，卻仍無法把光熄滅。光線從帽子下流洩而出，照在地上。

3

現世鬼

現世鬼

施顧己在極沉重的鼾聲中醒來。他坐起身子，整理一下思緒，他可不想再發現又是一點鐘了。他覺得這時醒來剛好，可以和馬立安排來找他的第二個幽靈好好談談。不過當他一想到，究竟新的幽靈要打開帳幔的哪一邊，心裏就不舒服，所以就把四面帳幔都打開。然後躺下來，嚴密監視床的四周。希望當幽靈一出現就能當面發問，不要突然被驚嚇而緊張萬分。

有些滿不在乎的人，總是自以為很世故，覺得自己有辦法應付各種突發的稀奇古怪之事，讓他們去玩擲錢遊戲或殺人放火都沒問題。當然在這兩種極端之間仍有很多其他事情。我們暫且不必叫施顧己作這麼難的嘗試。我倒要請各位記住，他的確能夠應付各色各樣的怪事。或許突然來個嬰兒或一隻犀牛，他才會不知所措。

既然此刻他心中已有萬全準備，自然不會想到要應付「沒有」。因此，鐘敲一點，而什麼都沒有出現時，他渾身顫慄。五分鐘，十分鐘，一刻鐘過去了，毫無動靜。這段期間他一直躺在床上，被一道紅光照個正著，這道光從一點鐘起就打在他身上，由於只是光線，而他不曉得這光是什麼意思或想要什麼，結果竟比一打幽靈更嚇人。他也有點害怕會在完全沒有心理準備下突然自燃而成了別人的笑柄。最後，他開始想到——正如身為旁觀者的你我最初就會想到，知道如何應付且無疑會付諸行動的——這道神祕光線的來源與祕密可能正來自隔壁房

間。他追溯這光的源頭，似乎是那邊來的沒錯。他懷著這念頭，輕輕起床，套上拖鞋走到房門口。

施顧己的手剛觸到把手，就有個奇怪的聲音叫他的名字，要他進來。他只好進去。

這是他的房間，毫無疑問。不過已經大大變了樣。天花板和牆上滿是綠葉和閃亮的漿果，看起來就像個道地的果園。皓潔的冬青葉、槲寄生、長春藤反射著光芒，好像屋裏有許多小鏡子。煙囪裏，熊熊火燄直往上衝，不管是馬立在世時或他搬進來後的許多個冬季，這個沉悶無生氣的火爐從來不曾有此景象。地板上有各色各樣物品，堆得就像國王的寶座：火雞、鵝肉、野味、醃肉、大塊豬肉、烤乳豬、長串臘腸、碎肉派、葡萄乾布丁、整桶的牡蠣、燙手的栗子、艷紅的蘋果、多汁的柳橙、香甜的梨子、巨大的蛋糕，還有熱騰騰的綜合調酒，四溢的蒸騰香氣讓整個房間變得模糊了。有個快樂的巨人自在地坐在沙發上，一手高舉著一支燃燒的火把，形狀宛如富饒之神的羊角。施顧己走進門時，光芒正照在他身上 01。

「進來！」幽靈高聲叫他。「進來！朋友，好好過來認識我。」

---

01 狄更斯在此描述的「聖誕長老」（Father Christmas）是古代英國人的神祇。傳統上是個異教徒巨人，通常身穿綠色襯毛長袍，頭戴冬青皇冠，手執槲寄生、耶誕柴和一碗聖誕調酒。它是出自古羅馬的「富饒之神」（Saturnalia Cults），也就是農業之神（Saturn），會吃自己的小孩。不過作者筆下的巨人卻保護那些象徵「匱乏」和「無知」的小精靈。至於現代的聖誕老人（Santa Claus）則出自摩爾（Clement C. Moore）的《聖者尼古拉斯的造訪》（A Visit from Saint Nicholas, 1823）一書。聖誕老人的形象其實是綜合這個綠色巨人和到處送禮的聖者尼古拉斯。這一節中，現世鬼往往被誤認為美國式的聖誕老人。但其實在施顧己的年代（大約 1842 年）還沒有這個人（Hearn, 110）。

施顧己膽怯地走進去，垂著頭站在這幽靈面前。現在他已不像上次那麼固執，雖然幽靈明亮的眼睛十分友善，他仍不願抬頭正視。

幽靈說：「我是現世鬼。看著我！」

施顧己只好照它的話做。他發現幽靈穿著簡單的深綠長袍，有點像披肩，邊上有白色皮毛。衣服寬鬆地套在身上，露出寬闊的胸膛 02，像是討厭被任何東西擋住或遮掩，還可從袍子下方鬆散的衣摺看到他也赤著腳。它頭上沒戴東西，只有一個冬青花圈，上面處處有閃亮的冰柱。深棕色長鬈髮自然下垂，正如它和藹的臉，明亮的眼睛，敞開的雙手，豪爽的口音，不羈的態度與快樂的神情。腰間掛著一個古老的劍鞘，不過沒有劍，老舊劍鞘已是鏽跡斑斑。

「你沒見過我這樣的人吧！」幽靈對他說。

「沒有。」施顧己據實回答。

「你也從來沒和我家年輕一輩相處過吧！我是說，我還很年輕，所以是指前幾年出生的哥哥們。」幽靈接著又問。

「我想沒有，」施顧己說：「應該沒有，請問你有很多兄弟嗎？」

「超過一千八百個。」幽靈對他說 03。

「要養這麼一大家子可不容易啊！」施顧己喃喃說道。

現世鬼接著站起來。

---

02 傳統上，胸部認為是情感的中樞；這個巨人裸胸表示它心中充滿仁慈善意（Hearn, 110）

03 由於這故事於 1843 發行，所以正確地說，應該有 1842 個哥哥（Hearn, 111）。

幽靈說：「我是現世鬼。看著我！」

施顧已恭敬地說：「幽靈，請帶我到你要去的地方。昨晚我被逼著出去，上了難得的一課，因此獲益良多。如果今晚你有任何要教我的，就請讓我受益吧。」

「抓住我的袍子！」施顧已依言緊緊抓住。

突然間，房間裏的冬青、檞寄生、紅色漿果、長春藤、火雞、鵝、野味、醃肉、豬肉、香腸、牡蠣、派、布丁、水果、調酒，通通不見了。同時，房間、爐火、紅光、夜晚，也都消失了。這時他們兩個站在街頭。時間正是聖誕節，天氣嚴寒，有人在門前的人行道和屋頂上鏟雪，發出陣陣刺耳、輕快但不難聽的節奏，落在路面上的雪塊碎裂，形成一場場人造暴風雪，看得旁觀的男孩高興萬分。

和屋頂光滑潔白的積雪或地上略髒的雪相比，門外看起來髒兮兮的，窗戶更髒。地上的雪因各種馬車的車輪壓過形成深深的輪溝。街道縱橫，輪溝不斷被壓過，造成交錯的溝轍，在濃密的爛泥和冰雪中難以分辨。天色陰霾，小街上瀰漫著昏暗的霧氣，半融半凍。濃霧裏較重的煤煙灰塵四處飛落，彷彿全國的煙囪一致贊成同時升火，燒個痛快。這城市與其氣候並不十分令人愉快，不過大家還是能感到一股歡樂氣氛。這點就不是夏日清新的空氣和豔紅的夏日陽光做得到的。

我們可以見到在屋頂上鏟雪的人高興又快活，在牆上互相叫喚，不時也開玩笑地互丟一、兩個雪球——這種玩笑的火箭比口頭玩笑好多了——打中就哈哈大笑，沒中也同樣開心。雞鴨店門半掩著，水果店的水果鮮豔欲滴。門口的大木桶裝著滿

滿的栗子，彷彿身穿背心的老紳士斜倚著門框，因為中風就要跌倒在街上的樣子。體型粗胖的紅棕色西班牙洋蔥像肥胖的傳教士，在架子上不懷好意對著過路的少女擠眉弄眼，又假正經瞟向掛在上頭的槲寄生。梨子和蘋果也堆得像金字塔，店主還把一串串葡萄故意用鉤子掛在顯眼的角落，讓路人走過時口水直流。旁邊一堆堆棕色榛子，香味令人想起在古老的森林小徑上從成堆枯葉中涉足而過的愉快經驗。還有諾福克的黑色扁胖蘋果，結實多汁，擺在成堆的黃色柳橙與檸檬中很是搶眼，懇求路人用紙袋把它們帶回家飯後食用。好多金色和銀色的魚 04，就放在這些上等水果旁的一個透明容器中，雖然屬於單調的冷血族類，似乎也知道身邊熱鬧異常，也就真的「如魚得水」，在小小世界裏冷靜緩慢地巡游。

　　對了！還有雜貨店呢！已差不多要關門了，可能已經放下一兩片門板。不過從縫隙中看進去，可真有得瞧！店裏好不熱鬧，磅秤不斷下垂到櫃檯上，發出愉悅的聲響。包貨用的繩子不斷和轉輪分家，罐子像變魔術似的拿上拿下，咖啡和茶葉香在顧客的鼻子裏聞起來多麼舒服，珍貴的葡萄乾存貨還很多，杏仁如此潔白，一支支肉桂又直又長，各種香料都那麼刺鼻。擠得滿滿的罐裝水果，用糖醃得那麼爽口，連最不感興趣的路人都看得頭暈且鬧起肚子。還有多纖柔軟的無花果，微酸的法國李子羞紅著臉裝在漂亮的禮盒中。在聖誕氣氛的包裝下，每

04　作者指的是金魚。當時倫敦街上有售。金魚產自中國，由葡萄牙水手大約在 1690 年當作寵物傳入英國。後來有英國土產的和進口貨。據 Henry Mayhew 的 London Labor and London Poor（1851）一書所記，在 1840 年左右，光在倫敦就約有 70 家商店販賣金魚（Hearn, 114）。

樣東西看起來都很可口。對這天充滿期待的顧客，因為急迫匆忙而在店門口不斷擦撞，把藤籃擠得東扭西歪。有些人買了東西卻忘在櫃檯上，然後又趕緊跑回來拿。一整天下來，這類錯誤發生了不下上百次，大家卻笑嘻嘻地滿不在乎。雜貨店主和幫手誠實又親切，甚至讓人以為他們背後用來綁圍裙的心形搭釦真是他們的心，故意擺在外面讓人檢查，也讓烏鴉可以隨時啄食。

沒多久，鐘聲響起，呼喚所有善良的人前往教堂和禮拜堂。大家穿上最好的衣服，帶著最愉快的面容，從大街小巷紛紛前往。同時，無數人們走出巷弄街角，提著生食到麵包鋪去 05。看到這些窮人，幽靈似乎很感興趣。它和施顧己站在一家麵包鋪門口，每當有人進來，它就打開食物的蓋子，從火炬上灑一點香上去。這支火把可不簡單，有一、兩次，當這些窮人相互推擠發生口角，幽靈就對他們灑一點火把上的香 06，他們的脾氣就立刻變好，而且還說在聖誕節吵架真不好意思。就這樣，上帝眷顧大地，人人快樂平安。

不久，鐘聲停了，麵包鋪也要關門。不過從每個麵包鋪爐子上那片融化的濕痕，仍隱約可見這些食物及其烹飪過程。外面人行道上餘煙繚繞，彷彿也有人用那石塊烹煮東西。

施顧己問幽靈：「你從火炬上灑下的香，有特別的味道

05　當時法律規定，星期日和聖誕節，麵包鋪不准營業。因此很多窮人會提前帶著生食去烘烤，如此每週才能吃到熱食（Hearn, 116）。參見註 7。

06　香是聖經裏東方三賢人帶來的禮物之一（《馬太福音》II:1 及 II:7-13），以表示對生於窮困聖嬰的祝福。在此意義相同（Hearn, 116）。

嗎？」

「沒錯，是我的獨門祕方。」

「在今天是不是對任何食物都有用？」施顧己又問。

「只要出自善意都會有效。尤其對窮人最管用。」

「為什麼對窮人最有效？」施顧己問它。

「因為他們最需要。」

「幽靈，」施顧己想了一下說：「我想不通，在我們這廣大世界的芸芸眾生中，為什麼偏偏你要妨礙這些人簡單享用一餐的機會。」

「我？」幽靈叫出聲來。

「你剝奪他們每七天才能好好吃一頓的機會，他們往往也就這天才能吃到像樣的一餐。不是嗎？」

「是我嗎？」幽靈叫道。

「不是你不許這些麵包鋪星期日開門嗎？[07] 說起來不是一樣。」施顧己說。

「是我要求的嗎？」幽靈提高聲調說。

「如果弄錯的話，我向你道歉。這件事就是以你的名義，或至少是以你家族的名義做的。」施顧己說。

「你們這個世上，有些人自稱認識我們，」幽靈說：「並假藉我們之名行不義之事，來滿足他們的激情、驕傲、惡意、

07　1832 年至 1837 年間，英國議員 Sir Andrew Agnes 多次在議會中以宗教理由提出「星期日遵守法案」（Sunday Observance Bill）。其目的不但是要麵包鋪星期日休業，並要限制窮人一些「無傷大雅的娛樂」（Innocent enjoyments），有錢人則不受影響。狄更斯在 1836 年 6 月曾用匿名 Timonthy Sparks 攻擊貴族階級天天都可吃得很舒服，卻無法瞭解窮人處境，因為窮人一週才能吃到有肉的一餐。故事中現世鬼也同樣攻擊 Andrew Agnes 這種假虔誠的人（Hearn, 118）。

怨恨、嫉妒、自大和自私。我們不認得這些人，對他們也一無
所知。請記住，他們做的事記在他們帳上，別怪我們。」

施顧己向幽靈保證會照做。兩人就像先前一樣，繼續隱身
往前走到郊區。施顧己在麵包鋪時就注意到幽靈有某種特異能
力，它身材雖然高大，卻能輕易調整，以優雅的超自然生物之
姿，站在低矮屋頂下或任何高聳廳堂中。

或許是因這個好心鬼樂於展現這種能力，或許是它原本就
慈祥、慷慨、熱誠，以及對所有窮人的關懷，使它向著施顧己
的職員家走去。總之，它帶著施顧己往那兒走，施顧己的手還
抓著它的長袍。到門口時，幽靈露出一笑，拿起火把一灑，祝
福鮑伯‧郭拉齊的家。想想，郭拉齊每週只賺十五先令，每星
期六只能拿到十五個和他同名的東西 08，而這個現世聖誕節幽
靈卻來祝福這只有四個房間的小屋 09。

只見郭拉齊太太站起來。她穿著一件已改過兩次，但繫著
漂亮緞帶的舊長裙，那緞帶十分便宜，只要六便士。她在繫著
相同緞帶的二女兒貝琳達幫忙下鋪上桌巾。大兒子彼得‧郭拉
齊拿著叉子伸進煮馬鈴薯的鍋子，襯衫的超大硬領被擠到嘴角
（領子是父親的，只在聖誕節時才給兒子兼繼承人佩戴）。彼
得今天很高興能穿得這麼帥，很想到人潮往來的公園炫燿一下
時髦的衣服。這時一男一女兩個小郭拉齊嚷著進來，他們在麵

08　英文俚語中，Bob 亦有先令之意。
09　根 據 Willoughly Matchett 的 考 證（ 見《Dickens in Bayham Street, 》The Dickensian, July
　　 1909），郭拉齊住的房子也就是狄更斯小時住過的地方（16 Bayham Street, Camden Town）
　　（Hearn, 119）。

包鋪外聞到烤鵝的香味，知道是自家傳出來的，心裏高興地沉醉在調味料和洋蔥的幻想中。兩個小鬼繞著餐桌跑，把哥哥彼得捧上了天，不過彼得繼續吹著爐火，他一點也不高興，領子緊得他吹氣時幾乎嗆到。這時鍋裏的馬鈴薯慢慢沸騰，碰得鍋蓋響個不停，這才能拿出來剝皮。

「你父親不曉得怎麼還沒回家，」郭拉齊太太說：「還有你弟弟小提姆 10！瑪莎去年聖誕節也只遲了半小時！」

「我回來了，媽！」一個女孩在門口出現。

「媽，瑪莎回來了！」兩個小郭拉齊一起叫出來。「瑪莎！我們有隻鵝呢！」

「瑪莎，怎麼了，妳今天很晚呢！」郭拉齊太太邊說邊吻她好幾次，親切地幫她拿下披肩和帽子。

「媽，昨天晚上我們有好多事要做，」瑪莎回答說，「今天早上一定要結束才行。」

「沒關係，回來就好，」郭拉齊太太說：「坐到火邊來，暖暖身子，真辛苦了。」

「喔！父親回來了，」兩個小郭拉齊同聲叫出來。他倆一直在家裏到處亂跑。

「瑪莎，快藏起來，快點！」

瑪莎躲了起來，父親鮑伯·郭拉齊走進來。郭拉齊先生身

10　狄更斯在他早先的小説裏，一直想刻劃一個令人同情的殘障小孩，不過創造小提姆的靈感來自他1838 年 10 月到曼徹斯特見到妹妹 Fanny 的殘障孩子 Harry Brunett。幾年後，他的外甥真的過世。作者把他寫入長篇小説《董貝父子》（Dombey and Son）中，以 Paul Dombey 一角而永垂不朽（Hearn, 120）。

上披的圍巾，沒算進邊上的流蘇就已至少三呎長。為了過節，他身上的舊衣服已經補過刷過。小提姆坐在他肩上。可憐的小提姆，提著一對小柺杖，腳上還有鐵架支撐。

「怎麼了，瑪莎呢？」鮑伯說著四處張望。

「她不回來了，」郭拉齊太太說。

「不回家！」鮑伯興奮的神情驟然消失，他才剛從教堂一路讓小提姆當馬騎回家。「聖誕節不回家！」

雖然只是開玩笑，但瑪莎不想看到父親那麼失望，於是就從櫃門後跑出來，投入父親懷裏。兩個小郭拉齊則跑去和小提姆玩，把他抱進洗衣房讓他聽布丁在鍋中嘶嘶作響的聲音。

「小提姆在教堂乖不乖？」郭拉齊太太取笑完鮑伯剛才如此輕信，鮑伯也好好抱了一下瑪莎之後問道。

「很乖，」鮑伯說：「好難得。他大概坐得太久，想的事也多了，他想的事有些妳聽都沒聽過。回家路上他對我說，希望教堂裏的人都能看到他，因為他的腳跛了，如果聖誕節這天，能讓大家記起是誰讓跛子再次行走，盲人能再看見 11，那不是很好嗎？」

鮑伯說這段話時，聲音有點顫抖。當他又說起小提姆長得越來越健壯，聲音抖得更厲害了。

大家還沒接話，就傳來小提姆活躍的小柺杖敲擊地板的聲音。他再進來時，哥哥姊姊護著他坐到火邊的凳子上。鮑伯捲

---

11 讓跛子行走及讓盲人重見光明指的是聖經中所述耶穌行的神蹟，見《約翰福音》V：1-10 與《馬可福音》VIII：22-26。

　　如果聖誕節這天，能讓大家記起是誰讓跛子再次
行走，盲人能再看見，那不是很好嗎？

起袖口——這可憐的傢伙，彷彿怕袖口還能被弄得更破舊似的
——往水壺裏倒了些檸檬和琴酒，攪拌幾次，再放到爐架上溫
熱。彼得和兩個好動的小郭拉齊去拿烤鵝。沒多久，他們就興
高采烈地列隊走了回來。

　　看他們七手八腳的準備，你會以為鵝是世上最珍貴的家
禽，是長著羽毛的奇蹟。相較之下，連黑天鵝也變得不足為
奇。事實上，在這個家裏確實如此。郭拉齊太太把事先做好，
放在一個小鍋裏的醬汁熱得嘶嘶作響，彼得用力把馬鈴薯壓
碎，貝琳達在蘋果醬裏加糖，瑪莎把溫熱的盤子擦乾淨。鮑伯
扶著小提姆坐在他身邊的餐桌一角，兩個小郭拉齊替大家擺椅
子，當然沒忘記他們自己的，接著就坐在位子上監視，把湯匙
放進嘴裏，以免輪到他們拿鵝肉時高興得叫出聲來。最後，每
道菜都擺好，也作過感恩祈禱，接下來，大家屏息以待，郭拉
齊太太不慌不忙看著眼前的刀子，準備把刀插入鵝胸。只見她
一刀劃下，鵝腹中期待已久的內餡露了出來，餐桌邊響起一陣
低聲讚美，甚至小提姆也被兩個小郭拉齊的激動影響，用刀柄
輕敲桌緣，輕聲說：太棒了！

　　這麼棒的烤鵝可真少見。鮑伯說，他不相信有人能把鵝肉
烤得這麼好。大家一致讚美它又嫩又香，而且又大又便宜。配
上蘋果醬和馬鈴薯泥，足夠全家人好好享用。正如郭拉齊太太
看著盤子裏剩下的一小塊骨頭時高興地說，最後還沒全部吃完
呢！大家都吃飽了，尤其是最小的郭拉齊，幾乎滿身都是洋蔥
和香料。接著，貝琳達把盤子全部換過，郭拉齊太太也離開餐

桌——她緊張得不敢看——要去把布丁拿過來。

真的，要是布丁還沒熟怎麼辦！要是翻面時候破了怎麼辦！要是他們剛才興高采烈吃烤鵝時有人從後翻牆進來偷走布丁，那怎麼辦！想到這裏，兩個小郭拉齊面色鐵青！說真的，什麼可怕的事都有可能發生！

噢！一股蒸汽湧上來！布丁從銅鍋裏拿了出來，味道就像來到了洗衣日 12，彷彿小餐館和糕餅店的隔壁開了家洗衣店，這布丁聞起來就像這樣！不一會兒，郭拉齊太太滿臉通紅，但掛著得意的笑容帶著布丁進來。這布丁飽滿紮實，像顆色澤斑駁的砲彈，周圍浸著點火燃燒的白蘭地，頂上插著象徵聖誕的冬青枝裝飾。

喔！鮑伯忍不住說，好個布丁。他的語氣鎮靜，認為這是自他和郭拉齊太太結婚以來做得最成功的一次。郭拉齊太太也說，現在總算放下心頭重擔。她承認，先前是對麵粉的分量不太放心。大家都讚個不停，但沒人說（或覺得）這布丁對他們這個大家庭來說小了點。在郭拉齊家，不管誰說這麼沒分寸的話，就算只是稍微暗示，都會羞得面紅耳赤。

晚餐終於結束，清理了桌布，掃了壁爐，重新生起火。郭拉齊試了一下壺中的飲料，濃淡剛好，蘋果和柳橙擺上桌，把一鏟栗子放在火上烤。然後全家人來到爐火邊，郭拉齊要大家圍成圓圈，其實就是半圓。他手邊放著一個平常作擺飾用的玻

12　因為布丁用布包著蒸，而蒸布丁的大銅鍋平常是用來洗衣服的（Hearn, 123）。

璃杯、兩個長腳酒杯和一個沒把手的蛋奶凍杯。

　　然而盛著壺中熱飲的幾個杯子，宛如黃金作的酒盅。鮑伯倒飲料時笑容滿面，栗子也在鏟子上吵鬧地劈啪跳動，鮑伯舉杯對大家說：

　　「親愛的家人，祝大家聖誕快樂。上帝保佑我們。」

　　全家人也異口同聲齊說。

　　「上帝保佑我們每一個人。」小提姆最後一個說。

　　他坐在緊靠父親身邊的小板凳上，鮑伯握著他瘦削的小手，彷彿想將這個深愛的孩子緊緊留在身邊，害怕會被搶走。

　　「幽靈！」施顧己用未曾有過的關懷語氣說：「告訴我，小提姆還能不能活下去？」

　　幽靈說：「我看到煙囪旁有個空位，有支沒了主人的柺杖被保存得好好的。這些影子將來如果沒有改變，這個小孩就活不了。」

　　「不！」施顧己說「不行，好心的幽靈，讓他活下去。」

　　「要是那些影子將來沒有改變，我們都不會在這裏再見到他。」幽靈答道，「這又有什麼關係？如果他命中該死，還是早去的好，還能減少點多餘人口。」

　　施顧己聽見幽靈引用自己說過的話，低下頭來，感到更加懊悔難過。

　　「人類啊，」幽靈說：「你心中如有人性，並非頑冥不靈，就別用那句惡毒的口頭禪。等你將來發現『什麼』是多餘人口，『什麼』地方有多餘人口時再說不遲。難道你能決定誰

該生，該又該死嗎？或許在上蒼眼中，你比千萬個這可憐人的孩子還沒用，還不值得活下去。上帝啊，你聽聽，一片葉子上的昆蟲，竟然宣稱它那些在塵土中挨餓的同伴數量太多了啊！」

施顧己在幽靈的譴責中默然低頭，渾身發抖，眼睛只敢望著地上。不過當他聽到有人提到他的名字，立刻抬起頭來。

鮑伯說：「施顧己先生。不錯，我要對你們說施顧己先生。他是我們的衣食父母。」

「真是衣食父母！」郭拉齊太太臉色微紅地大聲說：「真希望他也在這裏。我會『好好』招待他，希望他的胃口夠好！」

鮑伯說：「親愛的，別這樣。有孩子在，而且今天是聖誕節呢！」

「就只在聖誕節這天，」她說：「我們才會為一個像施顧己一樣可惡、吝嗇、嚴厲又無情的人敬酒祝他健康。鮑伯，你知道他是什麼樣的人，沒有人比你更清楚了。」

「親愛的，今天過節，別這樣！」鮑伯溫和地說。

「看在你還有因為今天過節，不是看在他的分上，」郭拉齊太太說：「我為他祝酒，希望他長命百歲！聖誕快樂，新年快樂！他會非常快樂，我毫不懷疑！」

孩子們也跟著母親舉杯祝福。這是他們今天第一件不是出自真心的舉止。小提姆最後舉杯，不過並不開心。施顧己是他們家的凶神。提到他的名字，為這個派對投下一片陰影，整整

五分鐘後還未能散去。

烏雲過後，他們比先前快樂十倍，「可惡的施顧己」總算被拋在腦後。郭拉齊先生告訴大家，他已為彼得相中一個工作，如果事成，每週足足可賺五先令六便士。兩個最小的郭拉齊，一聽到彼得也可以出去做事，放聲大笑。彼得自己從高領子裏默默注視著火花，像在盤算著拿了那筆錢之後要怎麼投資。瑪莎如今在一家女帽店當可憐的學徒。她告訴大家自己都做些什麼，每天還要加班好幾小時，她希望明天早上能在床上好好休息。因為明天是她的休假日。她說幾天前，她見過一個女伯爵和一個貴族，那個貴族大概跟彼得差不多高。彼得一聽，就把他的領子拉得高高的，讓你幾乎看不到他的頭。酒壺和栗子在大家中間傳了又傳。過了一會兒，小提姆唱起歌來，那是關於一個迷路小孩在雪地跋涉的歌，他用憂傷的嗓音輕聲唱著，唱得好極了[13]。

他們過節，其實並無特殊之處。家境不到小康，衣著簡樸，鞋子也不能防水，衣服不夠。也許彼得知道，甚至很熟悉當鋪內的情景。不過他們都很快樂、感激、相親相愛，滿足於現狀。幽靈離開時，從火炬上撒下明亮的香灰，使他們看起來更加快樂，人影也逐漸模糊；直到最後一刻，施顧己還是一直看著他們，眼睛沒離開過小提姆身上。

外面漸漸轉暗，雪下得很大，施顧己和幽靈沿著街走，見

13　我們並不清楚狄更斯在此所指的是什麼曲子。當時的聖誕歌曲中並沒有以此為題的歌（Hearn, 126）。

第三節　現世鬼

到家家戶戶的廚房、客廳和房間裏燈火通明的景象，真是太好了。看到燭火閃爍，表示正在準備一頓溫馨的晚餐。熱騰騰的食物正在爐子上，深紅色的窗簾隨時可以拉上，把寒冷和黑夜關在屋外。附近人家的小孩跑到屋外雪地上，準備迎接他們已成家的哥哥、姊姊、叔叔、伯伯、姑姑等。這兒的窗口有客人聚集的影子，那邊有一群標緻的小姐，頭戴皮帽，腳穿毛皮長靴，所有人同時嘰嘰喳喳講個不休，然後她們踏著輕盈的步伐到鄰居家賀節。屋裏的單身漢看見這些容光煥發的女子，輕聲叫苦——而這些機靈的小女人，她們對自己的魅力也心裏有數。

看那麼多人要到朋友家聚會，你會以為他們到達時，家中無人迎接待客，而非每家都把爐火升得極旺，直達半個煙囪之高。老天，幽靈可真樂壞了！只見他露出寬大的胸部，張開巨大的手掌，凌空而飛，慷慨地把他明亮的歡樂種子散播在所經之處！還有那個點燈人，他沿路把昏暗的街道綴上點點亮光。今晚他穿得可整齊了，等一下要到朋友家去過節。當幽靈經過時，他也高興地大笑。但點燈人並不曉得，幽靈除了聖誕節之外，並沒有人作伴。

突然，全無預警下，他們已站在一片荒涼孤寂的曠野[14]，

14　指英國西南部的康沃爾郡。狄更斯曾和幾個朋友於1842年10月底到此遊歷十天左右。當地濱海，有不少錫礦場。作者是看了「童工委員會」（Infant Labor Commission）的一份報告，提到童工在當地礦場的悲慘狀況才決定去探訪。本來狄更斯要把這次的心得當作另一部長篇小說 Martin Chuzzlewit（1843）的開頭，不過後來還是用在《聖誕歌聲》中（Hearn, 128）。

巨石林立，宛如巨人的葬身之地 15。水流四溢，或者該說本會四處亂流，但被寒霜凍住。地上只有青苔和金雀花，及雜亂野草。西邊地平線上，落日留下一道熾烈的火紅，宛如眼睛不高興地瞪著這片孤寂荒野，板著臉逐漸西下，消失在漆黑的夜裏。

「這是什麼鬼地方？」施顧己問它。

「礦工住的地方 16。」幽靈答道：「他們在大地之下工作。不過他們可認得我。你看！」

他們看到有光線從一間小木屋裏透出，兩人迅速往前走。經過石塊和泥土砌的圍牆，看見有一家人快樂地圍在溫暖的爐火四周。只見一對年紀很老的夫妻，還有他們的子女、孫子女和曾孫子女，都高興地穿著過節的衣服。老先生正在唱聖誕歌，這是首非常老的歌，從他很小時就開始唱了，但他的聲音蓋不過外面野地的寒風呼嘯。家人偶爾也加入齊唱。大家聲音逐漸升高時，老人更是愉快地大聲唱。大家停下來時，他仍然高興地繼續唱下去。

幽靈沒有在此逗留。它要施顧己抓緊袍子，便啟程飛越荒野，不知要到何處。總不會到海上吧！大海！！施顧己這時才大吃一驚。往後一看，陸地盡頭的一片猙獰岩石已被拋在後頭。震耳欲聾的浪濤上下翻滾呼嘯，沖擊著被它鑿穿的深深岩

15　顯然是指康沃爾郡。也是狄更斯小時候心目中的英雄「殺巨人的傑克」（Jack the Giant Killer）居住之地。這篇故事啟發了他進入閱讀世界（Hearn, 129）。

16　指康沃爾郡的地角（Land's End），也有可能指當地最出名的 Botallack 錫礦場，靠近海邊，礦坑深入海底（Hearn, 130）。

洞，兇猛地想把陸地沖垮。

　　只見一座孤獨燈塔，屹立在離岸幾哩的荒涼暗礁上，海浪日夜撞擊拍打，不知已歷經多少歲月。成堆海草盤繞在塔座下方岩石上，不禁讓人以為那些海燕是生自海風中，就像海草來自海水──牠們在海上起起落落，正如牠們掠過的浪潮，不斷湧起退落。

　　不過，兩個守燈塔的人，還是在裏面生火取暖。石牆縫隙有光線透出，照射在可怕的海上。兩人坐在粗糙的桌邊，握著對方的手，舉著烈酒，互道聖誕快樂。年紀大的一個，由於經年飽受惡劣天候摧殘，臉上已斑痕累累。他哼起一首雄壯的曲子，有如外面的強風一般。

　　幽靈仍然迅速往前飛，底下是漆黑洶湧的大海，一直飛啊飛，直到它告訴施顧已，現在離任何方向的陸地都很遠很遠，才落在一艘船上。他倆站在舵手旁邊，旁邊有船尾守望員，和幾個值班的高階船員。人人在昏暗的燈下堅守崗位，不過每個人都哼著聖誕歌曲，或想著聖誕節的歡樂，或低聲對同伴述說往日過節的情景，心中盼望著回家。這天，比起一年中的任何一天，船上的每個人，不論睡著或清醒，不管性格是好是壞，都會對人說些好話，分享節日的氣氛，記起遠方他關心的人，並知道他們也樂於記得他。

　　施顧已傾聽海風的怒號，驚訝於在這寂寞的黑暗中，要飛越深不可測、宛如死亡的未知深淵是多麼險峻之事，正想著時，突然傳來的爽朗笑聲讓他又是一驚，而更令他驚訝的是，

他認出那是外甥的聲音。此刻他已身在一個明亮乾爽的房間，幽靈就在身邊，正看著他外甥，露出滿心贊許的表情。

施顧己的外甥笑著：「哈！哈！哈！」

雖然不太可能，但如果你碰巧知道比施顧己的外甥更有發笑天分的人，說真的，我也想認識一下。請替我介紹，我會和他做個朋友。

世上之事其實安排得公道、合理又妥當。疾病和哀傷固然會傳染，但世上沒有比笑聲和快樂更難抗拒，更容易感染的了。施顧己的外甥笑起來抱著腰，頭甩個不停，臉孔扭曲到最誇張的程度。而他的甥媳婦也笑得一樣起勁，身邊這群朋友也不示弱，同樣開懷縱聲大笑。

「哈！哈！哈！哈！」

「他說聖誕節無聊，我真不敢相信，」施顧己的外甥大聲的說：「他真的這麼認為！」

「太不應該了，弗列德！」施顧己的甥婦媳生氣地說。請保佑這些女人，她們做事一向認真，有話直說。

她很美，非常美。秀麗的臉上帶著酒渦，眼神充滿好奇，圓潤小巧的雙唇，彷彿生來就等著讓人親吻。臉頰上有誘人的小雀斑，笑起來時則融合為一，還有著你從未在任何女性臉上見過的明亮雙眼。總之，她就是那種讓人怦然心動，無可挑剔的女子。

施顧己的外甥說：「說實在，他是個好笑的老傢伙。他應該和氣一點。不過他也算是自作自受，所以我不願再說他什

麼。」

「弗列德，我想他很有錢，」施顧己的甥媳婦暗示道：「至少你經常這麼說。」

「親愛的，那又有什麼用！」施顧己的外甥說：「財富對他毫無用處。他又不行善，也不設法過得舒服一點。哈！哈！他也沒打算將來讓我們有什麼好處。」

「我真受不了他，」施顧己的甥媳婦說。她的姊妹和在場其他女性也都表示同樣的看法。

「喔，還好啦！」施顧己的外甥說：「我有點為他難過，也沒辦法對他生氣。誰會真因為他那古怪脾氣過而難受，不過是他自己罷了。算了，他心中就是不喜歡我們，不願和我們一道吃飯。結果呢？他也不差這一餐。」

「我倒是認為他損失了很棒的一餐。」施顧己的甥媳婦插嘴。大家也這麼認為。他們的確有資格評斷，因為他們剛吃完晚餐。現在甜點還在桌上，大家在燈光下愉快地圍桌而坐。

「我很高興你們這麼說，」施顧己的外甥說：「因為我對年輕的家庭主婦還是不太有信心。塔普，你怎麼說！」

塔普顯然正看著施顧己甥媳婦的一個妹妹。他回答說，單身漢就像可憐的無名流浪漢，對這個話題沒資格發表意見。於是施顧己甥媳婦的妹妹——是較胖且圍著蕾絲領紗，而不是戴玫瑰花那位——臉都紅了起來。

「弗列德，再說啊，」施顧己的甥媳婦拍著手說：「他這個人話老是只說一半！真是好笑！」

施顧己的外甥又高興的笑出來，他的笑意很難不感染開來，那個較胖的妹妹用香醋瓶 17 掩著鼻子想盡辦法忍笑，因此大家也跟著笑出來。

施顧己的外甥說：「我剛剛正要說，舅舅不喜歡我們，不和我們一起歡度佳節，所以沒享受到快樂時光。說真的，其實過節對他只有好處。我想不管是在他冷清老舊的辦公室或灰塵處處的家裏，他再也找不到比我們更好作伴的人。我就是可憐他，所以不管他喜不喜歡，每年給他這麼一個機會。他可以年年罵聖誕節無聊，罵到他死為止，不過呢，只要他每年都看我興高采烈地過去找他，對他說，施顧己舅舅，你好嗎？他遲早一定會往好的方面想。要是這樣能讓他拿出五十鎊留給那可憐的小職員，就算有了代價。我敢說昨天我真的打動了他。」

大家聽到弗列德說他打動了施顧己的鐵石心腸，全都忍不住大笑。不過因為他心地善良，因此不在意大家為何而笑，也就讓他們儘管去笑。同時他也鼓勵大家別拘束，愉快地不斷傳著酒瓶。

喝過酒，他們接著唱歌。這家人都喜歡音樂，輪唱或合唱都有一手。尤其是塔普，他的男低音可真不含糊，唱完後不會臉紅心跳，額上青筋也不浮起。施顧己甥媳婦的妹妹豎琴彈得不錯。這時她正彈一首簡短的曲子（很簡單，只要兩分鐘你就會用口哨吹出來），把施顧己從住宿學校帶回家的小女孩也很

17　香醋是種味道很強的醋酸混合劑，一般用來預防頭痛（Hearn, 134）。

熟悉這首曲子。而這件往事，不久前幽靈才讓施顧己看過。聽到這首曲子，幽靈讓他見過的影像又全部浮現心頭。施顧己心腸早已軟化不少，心想以前他要是多聽這首歌，可能就能養成仁慈的個性，一生也會快活些，而不必自己用教堂執事的圓鍬來埋葬馬立。

　　他們沒有整晚都在唱歌。沒多久，就玩起罰物遊戲，有時假裝自己還是小孩也滿好玩，特別是在聖誕節這天。因為這個節日的偉大創造者，本身就是個孩子。慢著！他們先玩起了捉迷藏。真的，我才不信扮鬼的塔普真的看不見，就像不信他的靴子上長了眼睛。我認為，這是他和施顧己的外甥事先串通好的，而幽靈也知道這回事。看他追那個蕾絲領紗胖妹妹的模樣，那真是違返了人性中的信任美德。總之不管她到哪裏，就算他撞倒撥火鉗、被椅子絆住、撞上鋼琴、或纏在窗簾裏，他都能「看」到。要是你故意剛好站在他的方向上（他們之中就有人這麼做），他會假裝要抓你——簡直是侮辱你的理解力——接著突然往胖妹妹的方向走。她一直說不公平，實際上也真不公平。最後終於被他抓到，不管她的絲巾怎麼飄，跑得再快躲避他，最後還是被逼到角落，無處可躲。這時塔普的態度才真是氣人。他假裝認不出她，裝作要摸她的頭紗，還更進一步要確定她的身分，竟把一只戒指硬套在她手指上，把一條項鍊掛在她脖子上，真是太過分，太可惡了！換下一個人扮鬼時，無疑她把自己的感覺告訴了他，兩人便在窗簾後親密地談了起來。

　　施顧己的甥媳婦沒有玩捉迷藏，她在客廳一角舒服地坐在
一把大椅子和腳凳上，施顧己和幽靈就站在她後面。不過她還
是參加了罰物遊戲，在造句比賽中用上了所有字母。她也參加
另一個猜謎遊戲，把她妹妹打得落花流水。雖然正如我告訴你
的，她的妹妹個個都很聰明。施顧己的外甥則心裏暗暗高興。
現場大約有二十個人，有老有少，但大家都下場玩了起來，連
施顧己也加入了。他高興得忘了眼前狀況，忘了他們都聽不到
他的聲音。他經常大聲叫出答案，而且往往猜對了。就算最尖
銳的「白教堂牌」縫衣針，都比不上施顧己犀利，他卻還以為
自己很遲鈍呢。

　　幽靈欣慰地發現施顧己心情這麼好，對他放縱了些，不料
施顧己像個小孩一樣哀求，讓他留到所有客人離開後再走。幽
靈表示做不到。

　　「又有一個新遊戲開始了，」施顧己說：「拜託，只要半
小時。」

　　這個遊戲叫「是或不是」。施顧己的外甥心中想一樣東
西，其他人問他是什麼，照規定他只能回答是或不是。大家連
珠砲般地問他，知道他想的是一種動物，是活的動物，相當討
厭的動物，很兇橫的動物，這種動物有時會咆哮，有時會嘀
咕，有時會說話，就住在倫敦，常在街上走動，沒被拿去展
覽，不必人牽，不住在動物園，不會帶到市場屠宰。不是馬、
驢、公牛、母牛、老虎、狗、豬、貓、或是熊。大家每問他一
次，外甥就大笑一次，笑到都快忍不住了，只好站起來跺腳。

最後那胖妹妹也和他一樣笑個不停，高聲說：

「我猜到了！我知道是什麼！弗列德，我知道了。」

「是什麼？」弗列德大聲問她。

「是你舅舅，施——顧——己！」

不錯，人人都稱讚她。雖然有人抗議說，剛才問到「是不是熊？」答案應該是「對」。因為要是有人往施顧己那方面想的話，否定的答案就不會讓大家想到施顧己先生了 18。

「我想，既然他給我們帶來這麼多歡樂，」弗列德說：「沒有理由不為他的健康敬上一杯。大家就用手邊的紅酒，祝福施顧己舅舅身體健康！」

「好吧！祝福施顧己舅舅！」大家也跟著說。

「祝他聖誕快樂，新年愉快，不管他是什麼樣的人。」施顧己的外甥說：「他不會接受我的祝福，不過我還是希望他能得到我的祝福。施顧己舅舅！」

施顧己無意中快活起來，心情也變得輕鬆。要是幽靈給他足夠的時間，他也會回敬這些不知他在場的人，並讓他們聽到他的謝意。不過他外甥說完最後一句話的瞬間，眼前的景象就消失了。他和幽靈再次上路。

他們兩個走了很遠，看了很多，拜訪很多家庭，處處都快樂圓滿。幽靈一站在病床邊，病人就快樂起來。來到國外，那些人就覺得家不再那麼遙遠。見到掙扎求生的人，他們就有了

18　因為熊（bear）亦可指粗鄙野蠻之人。

耐心，對未來抱有更大的希望。到窮人身邊，富有就跟著來了。他們到過救濟院、醫院、監獄、在每一個窮困者的棲身之所。只要那些自命不凡者在短暫的掌權期間沒有緊閉大門，把幽靈擋在門外，它就會留下祝福，並讓施顧己了解它的心意。

　　雖然只是一晚，卻是很長的一夜。施顧己心中有點疑惑，因為整個聖誕假期 19 就像濃縮在他倆相處的這段時間之中。更奇怪的是，施顧己外表並沒有改變，幽靈卻明顯變老了。施顧己看出這個改變，卻一直不敢說。最後，他倆離開一個小孩的「十二夜」派對時 20，站在外面，施顧己看著幽靈，發現它的頭髮變白了。

　　「幽靈的生命是那麼短暫的嗎？」施顧己問他。

　　「我在這個星球上的生命，非常短暫。」幽靈回答。「今晚就結束了。」

　　「今晚！」施顧己驚叫出來。

　　「到今晚十二點。你聽！時間快到了。」

　　這時正敲起十一點三刻的鐘聲。

　　「對不起，也許我不該問，」施顧己注意到幽靈的長袍。「我看到有些奇怪的東西從你衣服下面伸出來，應該不是你身上的。好像是腳或爪子！」

19　在狄更斯的時代，聖誕假期有 12 天，從聖誕節起到 1 月 6 日主顯節（Epiphany）為止（Hearn, 139）。

20　「十二夜節」（Twelfth Night Festivities）是傳統上英國人慶祝聖誕的最後一個慶祝活動，在 1 月 6 日主顯節晚上舉行。通常備有「十二夜蛋糕」，裏面暗藏一顆豆子和一個銅板。切開後拿到獎品的人就成為當晚的「國王」或「皇后」（Hearn, 109）。狄更斯家的「十二夜節」總是很熱鬧，因為剛好是他兒子 Charles Boz Dickens 的生日。他很喜歡在節慶時表演魔術和跳舞（Hearn, 139-140）。

「從那上面的一點皮肉來看，應該是爪子。」幽靈回答時很傷心。「你看！」

他的長袍下面，出現了兩個小孩，一副可憐相，滿臉驚慌，令人覺得可憎。兩人跪在幽靈腳邊，緊緊抓住他的衣服。

「噢！你看。看這裏，就在下面！」幽靈說。

兩個小孩，一男一女。臉色蒼白，身體瘦削，衣著襤褸，眉頭深蹙，模樣兇橫，卻卑恭地跪坐在地。少年人外表應有的悠閒，渾身散發出的活潑朝氣，卻讓一雙腐化無情如歲月的魔掌摧殘扭曲，使他們恰如兩團碎布。他們應該像天使般純潔亮麗，此刻卻有如魔鬼纏身，眼露兇光。人類無論經歷如何劇變、墮落，人性如何扭曲，也不曾在奇妙的生命成長過程中，出現如此可怕惡鬼。

施顧己大吃一驚，嚇得退後兩步。見到他們這副模樣，本來要說他們是不錯的孩子，話卻哽在喉頭，這麼說無異於撒謊。

「幽靈，他們是你的子女嗎？」施顧己不知要說什麼。

「他們是『人類』的子女，」幽靈說時，低頭看著兩個可憐的小孩。「他們緊跟著我，是從父輩那前來求援的。這男孩是『無知』，這女孩是『匱乏』。小心他們兩個，和他們的所有親戚。尤其要小心這個男孩。除非這字能被消除，否則我已看見他額頭上寫下了『厄運』。你能否認這些現象嗎？」幽靈說時，手指著城市。「儘管罵那些告訴你的人！雖然你立場不同，也只能承認事實如此，而且還會更糟。等待最後的惡果

他的長袍下面，出現了兩個小孩，一副可憐相，
滿臉驚慌。

吧！」

　　「他們沒地方可去，或有任何生活能力嗎？」施顧己大聲問。

　　「不是有監獄嗎？」幽靈最後用施顧己以前說過的話問他。「不是有貧民習藝所嗎？」

　　鐘聲響起十二響。

　　施顧己四下尋找幽靈，卻看不到他。鐘聲停止震動時，他記起馬立的預言。抬起頭，看見一個嚴肅的幽靈，披著斗篷，如同地上的霧氣一般，朝他湧來。

聖誕歌聲

4

來日鬼

來日鬼

幽靈緩慢，嚴肅，悄悄地走來。快靠近時，施顧己跪了下去。因為它穿越的空氣中，似乎散發著一股神祕與陰鬱的氣息。

幽靈身穿一件深黑色長斗篷，把頭、臉、身體全部遮住。除了伸出的一隻手，什麼也看不見。要不是那隻手，恐怕還不容易看出它在夜裏的身軀，也很難在漆黑中分辨出來。

幽靈靠近時，施顧己覺得它高大雄壯，神祕的樣子令他肅然生畏。他手足無措，因為幽靈一言不發，一絲不動。

施顧己說：「我是在來日鬼的面前嗎？」

幽靈沒有回答，只用手指向前面。

「你等一下就要在我們面前，讓我看到一些尚未發生的事件影像。是不是這樣，幽靈？」

幽靈斗篷上部的皺褶動了一下，像是點一下頭。施顧己只得到這個回答。

此刻施顧己雖然已很慣於和鬼魂做伴，但仍非常恐懼。

這個無聲的幽靈令他雙腳抖個不停。他準備和他走時，發現自己幾乎站不住。幽靈看到他的樣子，就停下來，讓他有時間恢復過來。

不料這一來，施顧己更慘。他渾身只覺得一陣無名的恐懼，心想在那一身黑漆漆的袍子裏，一雙鬼魅的眼正注視著他。而他呢，雖然使盡力氣，卻只能見到一隻鬼手和一團漆黑

的衣服。

　　施顧己無奈地說：「未來幽靈，你比任何我見過的鬼都要可怕。不過既然知道你來是為我好，我自己也希望以後能重新做人，所以我現在已經抱著感恩的心，準備好和你一起走。能不能對我說話呢？」

　　幽靈還是沒開口。只把手指著兩人前方。

　　「那你就帶路吧！」施顧己說：「夜晚所剩時間已經不多，我知道這段時間很寶貴。走吧，幽靈。」

　　幽靈離開時就像來時的樣子。施顧己跟在它衣服陰影的背後，覺得長斗篷像是把他提起來，飄向前方。

　　他們好像並不是走進市區，而是市區突然出現在眼前。不錯，他們已身處市中心，就在「皇家交易所」裏面，身旁有許多來來往往的商人，把錢往口袋裏塞。有幾個人在交頭接耳，看看錶，不然就是若有所思地玩弄大大的金質圖章戒指。這些都是施顧己常見到的人。

　　幽靈就在幾個生意人旁邊站住。施顧己見到它的手指向他們，就走過去聽他們在說什麼。

　　其中一個身體肥胖，下顎特大的人說：「不，我也不太清楚。只知道他過世了。」

　　「什麼時候死的？」另一個人問他。

　　「我想是昨天晚上。」

　　「怎麼了！他怎麼了？」又有另一個人問，他同時從一個很大的鼻菸盒上吸了一大口。「我還以為他永遠不會翹辮

子。」

「天知道！」第一個人說，打了一下呵欠。

「他的錢怎麼處理呢？」一個滿臉通紅的紳士問道。他的鼻尖垂著一塊肉瘤，一動起來就像火雞的肉冠。

「我也沒聽說怎麼處理，」下巴很大的人說，他又在打呵欠。「也許留給公司了，我只知道他沒留給我！」

他的幽默使大家忍不住笑出來。

接著他又說：「葬禮大概也是草草了事。我還沒聽說有人要參加。也許我們可以組成一隊自願過去？」

「要是供應午餐，我倒不反對去一下，」鼻尖長肉瘤的紳士說：「要我去，就要有得吃。」

大家又笑起來。

「這種事，我大概最沒興趣，」第一個發言的又說：「我從來不戴黑手套，也從來不吃午餐 01。不過若是有人要去，我也會去。現在回想起來，我可能是他最好的朋友。以前碰面時，我們常常寒喧兩句。回頭見！」

這幾個人慢慢散開，又到其他的小圈子閒聊。施顧己認識這些人，他轉頭看看幽靈。希望它說明是誰死了。

幽靈卻轉身走到街上，把手指向兩個在一起的人。施顧己走過去聽，心想答案就在這裏。

01　Ahn 在 1871 年版的註解說：「英國人習慣在葬禮時致贈所有弔唁者一副黑手套，當然黑手套在其他場合也能用。既然每個去的人都有黑手套，不必和死者有特別親密關係才戴。這位先生說他可以算是施顧己最好的朋友，對死者卻連這麼一點敬意都不願表示，可以說是種侮辱。他甚至還說不在乎一頓免費午餐，更顯示了他對守財奴之死無動於衷。當然，這個人正像施顧己一樣，對免費午餐和黑手套不感興趣，也是個很勢利的人（Hearn, 146）。

　　這兩個人他很熟。他們也是商人，很有錢，舉足輕重。施顧己一向積極想得到他們的重視。當然，純粹是從生意人的角度出發。

　　「您好。」一個說。

　　「您好。」另一個回答。

　　第一個又說：「老頑固總算走了！」

　　「我也聽說了，」第二個回答。「今天很冷，對吧？」

　　「聖誕節嘛，是該冷一點。我想您不是很喜歡溜冰。」

　　「當然不是，想點別的吧。再見。」

　　再沒有半句話。他們見面只說這幾句話，就分手了。

　　起初施顧己覺得很奇怪，為什麼幽靈對如此無聊的談話覺得重要；不過他相信話中定有深意，於是便就思索著到底是什麼意思。一定不可能和他的老搭檔馬立的去世有關，那件事早已過去，眼前的幽靈只管未來的事。他也想不起有哪一位和他有關係的人適用他們的談話內容。不過他倒相信，不管話中指的是什麼人，對他的為人一定有好處。因為他決定把聽到的每句話，見到的每件事牢記在心，尤其當自己的身影出現時，要好好看看。他希望自己未來的行為能提供一點線索，找出眼前讓他迷惑的答案。

　　所以他就站在那裏找尋自己的身影，不過只看見另一個人在他平常站立的角落，儘管鐘上的時間是他通常會出現的時刻，但湧入交易所長廊的人群中卻不見他自己的影子。他倒沒有太驚訝，因為心中本來就打算要改變生活形態，私下也希望

能見到自己的決定能在此實現。

黑漆漆的幽靈靜悄悄站在他身邊，手向前伸。施顧己從冥想中回到現實。從它伸手的方向和施顧己的位置看來，他猜想幽靈的雙眼正盯著他。使他不禁渾身戰慄，全身發寒。

接著他倆離開繁忙的街道，走到一處幽僻的角落。施顧己以前從沒來過此地，不過倒是知道這裏惡名昭彰，街道狹窄髒亂；住家和店鋪破舊不堪。居民衣衫不整、酗酒、懶散。巷道穢物麋集，散發出難聞的垃圾和排泄物臭味，直衝到凌亂的街上。整個區域呈現的是髒亂、貧賤，壞事連連。

就在這聲名狼藉的深處，一棟房子的屋簷下有家低矮突出的店鋪 02，專門收購舊衣服、鐵器、瓶罐、骨頭、一大堆快爛的肉類。地上堆滿生鏽的鑰匙、鐵釘、鐵鍊、鉸鏈、銼刀、秤、錘，各色各樣丟棄的鐵器。很多沒人願意發掘的祕密，就埋藏在一堆堆不起眼的舊衣服、大塊快腐爛的肉和骨頭之中。坐在這一大堆物品中的是個頭髮灰白的老頭，身旁有個磚砌的火爐，年紀大約有七十了。他用幾塊破布掛在一條繩子上當簾子，隔開外面的冷空氣，悠閒自在地吸著菸斗。

施顧己和幽靈走到這個老人面前時，剛好有個婦人提著一個沉重的包袱溜進店裏。不過她剛進來，又有另一個婦人也帶著很重的包袱進來，後面並跟著一個身穿舊黑衣的男人。這個男的一見到她們，大吃一驚，就像她倆認出對方時也同樣驚

---

02 「低矮突出的店鋪」通稱為「破爛店」（Rag-and-Bottle Shop），專門收購及販賣各色各樣舊東西，其中也有肉類等，因為肥肉可以賣給做蠟燭的肥皂商人，而內臟（大小腸）則賣給窮人以彌補肉類之不足（Hearn, 147-148）。

訝。三人就這樣目瞪口呆，連吸菸斗的老人也大感意外，三人不禁大笑出來。

第一個進來的人說：「讓我這幫傭的先來好了！然後是幫人洗衣服的，最後才是辦喪事的。老頭，你看，是不是真巧，我們三個人竟然不約而同在你這兒碰面。」

老頭把菸斗從嘴上拿開說：「太好了，你們來對了地方。到客廳來。幫傭的，你在這裏一向不用客氣。你們兩位也不算陌生。等一下，我把門關上。噢，這扇門叫得真響。我想這屋裏沒有比它的鉸鏈鏽得更厲害的鐵器，也沒有比我這把老骨頭更老的人了。哈哈，我們可真是幹對了這一行，配得再好不過。來，來，到客廳來吧。」

所謂客廳，就在破布簾後面。老頭用鐵條撥一下火爐，再用他的菸斗調一下暗淡的燈芯（天已經黑了），再放回嘴裏。

這時，先說話的婦人把包袱丟在地上，大搖大擺坐在一條板凳上。兩手交叉放在膝頭，挑釁地瞪著另外兩人。

她說：「沒關係，太好了！德巴太太。當然了，誰不為自己著想？『他』一向如此。」

「你說得不錯，」洗衣婦說：「誰不是這樣！」

「那你幹嘛站著看大家，好像在怕什麼。誰又曉得呢？我們不是要吵架吧！」

「當然不是！」德巴太太和那男的一起說，「不會吧！」

「非常好！」婦人說：「那就行了，誰會在乎丟掉這幾樣沒什麼大不了的東西！尤其死人就更不會在乎了。」

「不錯！」德巴太太笑著說。

「這守財奴如果想到死後要把東西留下，」幫傭的婦人說：「在世時為什麼不大方點？這樣，至少死時還會有人照顧他，不會那樣孤伶伶的一個人躺著嚥下最後一口氣。」

德巴太太說：「你說得一點不錯。他該有這樣的報應。」

「我覺得還有點便宜了他，」那婦人說：「我敢說，要是插得上手，我一定拿得更多。老喬，你打開我那包東西看看值多少錢。別吞吞吐吐的，先打開我的好了，讓他們兩個看見也沒關係。反正大家心裏明白，都是在他那裏順手牽羊拿來的。這也不算做賊。老喬，打開吧！」

不料另外兩人比她更自告奮勇；身穿舊黑衣的男士，爭先打開他的戰利品。東西不多：幾個印章、一個鉛筆盒、一對袖釦、一個便宜領針。老喬仔細看過，一一估價，用粉筆在牆上寫下每個他能出的價格，等到確定沒別的東西了，就全部加起來。

老喬說：「就這個數目。你就是要我下油鍋，也不會多給你六便士。下一個誰先來？」

德巴太太打開她的包袱。裏面有床單和毛巾、幾件衣服、兩支老式銀茶匙、一對挾方糖的鑷子、幾雙鞋子。她的價錢也同樣寫在牆上。

老喬說：「我就是有這毛病，對女士太大方，結果讓自己虧本。德巴太太，我只能給妳這價錢。妳要是不滿意，要我多出一便士，我可就要後悔自己太慷慨，非砍回個半克朗不

可。」

「老頭，現在總可以打開我那包了吧！」第一個婦人說。

老喬為了方便，就蹲了下來。他打開好幾道繩結，才拉出一大捲黑沉沉的東西。

「你這又是什麼玩意？」老喬問他。「床上的帳子嗎？」

「哈哈！」老婦人大笑，雙手交叉，身體前傾。「不錯，正是帳子！」

老喬說：「該不會他還沒嚥氣，人還躺在床上，妳就把這東西連掛鉤一起拿下來？」

「不錯，」老婦人回答。「這又有什麼不對？」

「妳生來就這德性，」老喬說：「不做手會癢。」

「只要伸出手有東西拿，我自然不會縮回來。我向你保證，對『他』這種人，我更不客氣，」老婦人冷冷地回答。「小心點，別把油滴到毯子上。」

老頭問她：「是他的毯子嗎？」

「還會是誰的？」老婦人回答。「沒這兩條毯子，他還不至於就要感冒吧！」

「我希望他不是得了什麼傳染病死的。」老喬的手停下來，抬頭看看她。

老婦人回他：「你大可不必擔心。要是他有病，我又沒那麼喜歡他，不會還留它在身邊不怕被傳染。嗯！你儘管仔細檢查那件襯衫，把眼睛看到痛了也保證找不出一個破洞或是磨損的地方。這件很不錯，是他最好的襯衫。要不是我，可能就被

他們給浪費了。」

老喬問她：「什麼意思，浪費掉？」

「他們要讓他穿這件進棺材，」老婦人笑著說：「有人傻傻的這樣做，我就把它脫下來。一般的棉襯衫就夠好了，這時候何必浪費。看起來還滿適合他的樣子，也沒因此就更難看！」

施顧己聽了他們的談話，心驚膽跳。看他們圍坐在戰利品四周，老喬的油燈陰暗地照著，他對他們感到深惡痛絕，就算是販賣屍首的無恥魔鬼，也不過如此了。

「哈！哈！」當老喬拿出裝錢的法蘭絨布袋，把他們三人的錢放在地上時，老婦人連笑幾聲。「你們看，這就是他的下場！活著不要任何人作伴，死了就讓我們受益了。哈哈！」

施顧己渾身顫抖地對幽靈說：「我懂了，我懂了。我很可能就像這個不幸的人一樣。我一輩子就是那樣子。老天，這又是什麼？」

施顧己嚇得往後退了幾步，因為眼前的景色變了，他幾乎碰到一張床。上面空空的沒有帳子。床上有東西用條破舊的床單蓋住，雖然不會說話，卻以恐怖的言語道出了真相。

房間很陰暗，看不太清楚。施顧己很想知道這房間是什麼樣子，所以好奇地四處張望。外面有道微弱的光線剛好直射到床上，擺在上面的，正是這個被人搜刮、被遺棄、沒人照顧、也無人哀悼之人的屍體。

施顧己回頭看幽靈，但它的手還是指著身體的頭部。床單

只是隨意蓋著，只要施顧己的手輕輕撥動一下，臉就會露出來。他想了想，知道這很容易，也很想做，但就是鼓不起勇氣，正如他也沒辦法叫身邊的幽靈走開。

噢！冷酷、嚴厲、可怕的死神，竟把你的祭壇樹立在此，以你的力量把它變得如此恐怖，只因為這是你的地盤！而那些受人愛戴與尊敬的人，你卻無法動他們一根毛髮，或使他們變得面目可憎。並不是因為他們的手太沉重，一放開就會掉下去，也不是他們的心臟或脈搏已經停止跳動。相反的，他們出手大方、開朗、真誠、內心勇敢、溫馨又仁慈；心跳也和常人一般。死神，打吧，儘管打吧！你會看到他的傷口迸出善良的種子，把永恆的生命種滿了世界。

事實上，並沒有人在施顧己耳邊說話，不過當他望著床上時，他聽到了這些。他心想，這人現在如能死而復活，心中最想要的是什麼呢？是否只是抱著貪慾、專橫、多撈一些的念頭？說真的，這些不就已經讓他得到這樣的下場了嗎？

此刻他躺在冷清陰暗的房中，沒有一男、一女，或子孫會對人說，這個人生前處處對我好，我記得他說過的好話，所以我現在要好好待他。門口有隻貓在亂抓，還有老鼠在火爐下的石塊間咬嚙的聲音。這個停屍的房間裏又有什麼牠們要的東西呢？牠們為什麼那麼激動又不耐煩？施顧己不敢再往下想。

施顧己對幽靈說：「幽靈，這地方太可怕了。我向你保證，離開這裏以後，我不會忘記得到的教訓。走吧！」

但幽靈的手還是指著那個人的頭。

「我知道你的意思，」施顧己回答說：「我如果做得到就會去做。但我做不到，幽靈。我沒有勇氣。」

幽靈好像又在看他。

施顧己痛苦地說：「在這個城市裏，要是有人會因這個人死了而傷心難過，請你指給我看。幽靈，我求你！」

幽靈把黑袍在他面前一揮，像翅膀一樣，又收回去，眼前就出現一間明亮的客廳，有個母親和幾個小孩在裏面。

看來她正焦急的在等人，一直在房間裏踱步，一聽到聲音就驚動起來，不停看著窗外，又看看鐘。想做針線活，卻靜不下心，連小孩的遊戲吵鬧聲都讓她受不了。

最後，總算聽到敲門聲了。她趕緊走到門口迎接她先生。他雖然年紀還輕，卻愁容滿面。此刻他的表情很奇特，是種因為想要極力抑制喜悅而感到不好意思的表情。

他坐下來吃飯，飯菜一直放在火爐邊溫著。沉默了好一會兒，她才問他有什麼消息。他則像是有點困窘，不知如何回答。

為了幫她先生，她先問：「是好消息，還是壞消息？」

「是壞消息。」他回答。

「我們是不是完了？」

「還有希望，卡洛琳。」

她驚訝地說：「要是他好心點，那就有希望！如果有這樣的奇蹟發生，什麼事都有希望。」

「他不必再好心了，」她先生說：「他過世了。」

從她臉上可以看出她是個溫和而有耐性的人。但聽到這消息時，心中還是感激不已，緊握著雙手說出心底的意思。但又立刻表示不應該這麼說，祈求上帝寬恕她。但先前的舉動已經明白表現了她的心意。

「昨晚我跟妳說的那個酗酒婦人，是她告訴我的。本來我要去見他，求他給我們寬限一星期。我以為他只是找藉口不見我，想不到是真的見不到人了。其實那時候他不止病得很重，根本就快死了。」

「那我們的債務會轉給誰呢？」

「我也不知道。不過在那之前，我們就能把錢準備好了。就算籌不到錢，而繼承的債主像他一樣無情，我們也不過就這樣了。卡洛琳，至少今晚暫時可以睡得輕鬆一點。」

不錯，債務鬆了幾天，心情也輕鬆多了，孩子悄悄聚在一旁，聽著他們不太懂的事，臉上也有了光彩。說真的，這個人死了，卻使這個家快活一些。幽靈讓他看到，因為這人之死所引發的，只有快樂之情。

施顧己說：「能不能讓我看一些因為死亡而顯現的溫柔之情？否則，我們剛剛離開的那間陰暗臥室，會在我腦海裏停留一輩子。」

幽靈帶他經過好幾條常走的街道。施顧己邊走邊尋找自己在街上的影子，可是總沒見到。不一會，他倆就到了郭拉齊家。不久前他還來過這裏。他看見孩子和母親圍坐在壁爐邊。

屋子裏靜悄悄的。一向吵鬧的小郭拉齊像雕像般坐在角

落，抬著頭看彼得，他面前擺著一本書。母親和女兒正在縫衣服。他們真是太安靜了。

「他便要一個小孩進來，使他站在他們當中……」03 施顧已記不得在哪裏聽過這些話。他不是在做夢。他和幽靈跨進門時，有個小孩在唸。怎麼不唸下去了呢？

母親把衣服放在桌上，用手掩著臉說：「這顏色讓我眼睛不舒服。」04

「什麼顏色？噢，可憐的小提姆！」

「現在好點了，」郭拉齊太太說：「燭光下看久了，眼睛容易疲勞。無論如何，我可不願你們父親回來時，看見我眼睛這個樣子。他應該快到家了。」

「已經超過時間了，媽。」彼得邊說邊把書闔上。「我覺得爸爸最近幾天回家好像比平常走得慢一點。」

全家又沉默下來。最後，母親強顏歡笑說：「我記得他以前……我知道他以前會讓小提姆坐在肩上，還走得滿快的。」

彼得說：「我也知道！他常常這樣。」

「我也知道！」又有一人說，大家都跟著說知道。

「還好小提姆不太重，」母親又開始專心縫衣服。「你們父親也很喜歡他，所以不覺得麻煩……一點也不麻煩。啊，你父親回來了！」她趕緊走到門口接他。鮑伯走進來，套著長長

---

03 出自《馬太福音》18章第2節，和《馬可福音》第9章36節。這兩段都是狄更斯喜愛的經文（Hearn, 155）。

04 作者原稿有 black（黑色）一字，但後來把此字刪掉。這裏指郭拉齊太太和她女兒正在縫喪服（Hearn, 155）。

的圍巾，一副可憐相。他真需要多點溫暖。他的茶已經備好在爐子上，大家爭著幫他倒茶。兩個小郭拉齊接著就爬上他膝頭，各自把面頰靠在他臉上。

鮑伯和他倆有說有笑，對家人說話的樣子也很愉快。他看到桌上正在做的衣服，稱讚太太和女兒做得認真又迅速。他說，不必到星期天，一定就能做好。

「你是說已經訂在星期天嗎？鮑伯，你是不是今天去看過了？」他太太關心地問。

鮑伯答道：「是呀，真希望妳也在場。那塊地一片翠綠，妳一定會放心的。以後妳會常去。我向他保證過，每個禮拜天都會去看他。可憐的小提姆！」這時候他哭了出來。「我的小寶貝！」

他突然間崩潰了，再也克制不住。要是能忍得住，他和小提姆也就不會那麼親近了。

他離開客廳，上樓到房間去，裏面光線柔和，四周掛著聖誕飾品。小孩旁邊有把椅子，看起來像是不久前有人進來過。傷心的鮑伯坐下來，沉思了一會兒，振作起來，低頭親吻小孩的臉頰。既然已經發生，就再也無法挽回。下樓時，心情寬慰多了。

大家圍著火爐談天，母親和女兒還是繼續縫衣服。鮑伯對家人提起施顧己先生的外甥對他非常客氣，其實以前只見過一次面而已。今天在街上遇到，看見鮑伯有些沮喪，鮑伯對他說：「只是心情有點不好。」就問他發生什麼不愉快的事。

他說：「我就把家裏發生的事告訴他。他說話時很懇切。對我說：『郭拉齊先生，請節哀。也代我向你賢慧的太太致上最深的歉意。』說真的，他怎麼會知道！」

「親愛的，知道什麼？」

「怎麼了，妳是個好太太呀！」羅伯回答。

「人人都知道呀！」彼得插嘴說。

「說得好，彼得，」鮑伯說：「我希望大家都知道。他又對我說：『請你賢慧的太太也要節哀。』然後給我名片。『要是有什麼可以幫忙的地方，上面有我的地址，隨時都可以過來。』羅伯接著說：「主要不在於他可以幫我們什麼忙，而是他那麼親切讓我很感動。好像他真的認識我們的小提姆，並且和我們一樣難過。」

「我相信他一定是心腸很好的人。」郭拉齊太太說。

鮑伯答道：「要是你遇到他，和他談過，一定會更相信這點。說真的，如果他幫彼得找到更好的工作，我是不會驚訝的。」

「彼得，這消息不錯吧！」郭拉齊太太說。

有個妹妹說：「彼得接下來就會有伴，可以成家了。」

「妳先嫁人去吧！」彼得做個鬼臉反駁她。

鮑伯說：「當然，以後是有可能。不過時間還長呢！但不管我們什麼時候會分開，我相信一定不會忘了可憐的小提姆。他是第一個離開我們的，是不是？」

「一定不會忘記他的，爸爸！」大家異口同聲的說。

「我知道，當我們想起他是多麼溫順可親，雖然他只是個小孩，」鮑伯又說：「但我們也絕對不要輕易就吵起來，而忘了可憐的小提姆。」

「爸爸，一定不會！」大家再次同聲說。

鮑伯說：「這樣我就感到安慰，我就安心了。」

郭拉齊太太走過來吻他，女兒也來親他，兩個小郭拉齊也跟著過來。彼得則和他握手。小提姆，你的靈魂，你純真的童稚就是來自神的恩賜！

這時候施顧己說：「幽靈，我覺得我們分手的時間快到了。我有這感覺，只是不曉得怎麼會有此預感。告訴我，先前我們看到的死者是誰？」

到現在為止，未來幽靈給他看到的景象，並沒有照著時間順序出現。唯一相同的是，這些都是將來的事。因此像不久前一樣，幽靈此刻帶他到生意人常去的地方，但始終沒讓施顧己看到自己。同時，幽靈也沒有停下來，而是一直往前走。施顧己為了要看看未來的樣子，只好求它停下來一會兒。施顧己說：「現在我們急著經過的這個院落，是我一直以來工作的地方。我的辦公室就在那裏。讓我看看將來是什麼樣子。」

幽靈停下來，手卻指著另一邊。

「房子在這邊，」施顧己大聲說：「為什麼你指另一邊？」

幽靈頑固的食指不為所動。

施顧己趕緊走到辦公室窗口往裏看。不錯，還是一間辦公

室，但不是他的了。家具換過了，坐在椅子上的人也不是他。幽靈的手像剛才一樣仍然指向另一邊。

他只好跟著幽靈走，不知要到哪兒，也不知為什麼要去。最後他倆走到一扇鐵門前。還沒進去前，他停下來看看這是什麼地方。

原來是教堂邊的墓園。他先前見到那個可憐去世的人正在裏面。這地方的確不錯！四周有房屋圍繞，雜草叢生，然而在此增長的不是植物的生命而是死亡，墳墓擠得滿滿的，像吃得太飽。真是個好所在！

幽靈站在墓群之中，指著其中一個。施顧己有些害怕地向那裏走去。幽靈的樣子和先前一樣，施顧己怕從它嚴肅的外表中看出不同的意思。

他說：「在我走到那個墳墓前，請回答我一個問題。我們所見的景象，是將來會發生的事，或者只是可能發生的事？」

幽靈的手還是指著它腳邊的墳墓。

「從一個人的所做所為，可以看出他未來的命運。要是他不改變作風，大概錯不了，」施顧己說：「不過，他如果改變，將來自然會不一樣。你給我看的這些景象，就是要告訴我這點，對不對？」

幽靈仍然屹立不動。

施顧己渾身發抖，照著幽靈指的方向緩緩走去，來到那個冷落的墓前，唸出墓碑上自己的名字：艾普尼瑟 · 施顧己。

「我就是那個躺在床上的人嗎？」施顧己說著，跪了下

來。

　　幽靈的手指從墳墓轉向他，又轉回墓上。

　　「哦，幽靈，錯了，錯了！」

　　幽靈的手指仍然指向那邊。

　　「幽靈，」他哭了出來，緊緊抓住對方的長袍。「你聽我說，我現在和以前不一樣了。看了那些未來的事，我已經不是往日的我。如果我沒救了，為什麼還讓我看呢？」

　　幽靈的手似乎開始抖動。

　　「好心的幽靈，」他接著又說，整個人已趴在地上。「求你慈悲的心憐憫我，替我求情。請給我一個機會，能夠改變你給我看到的那些景象，讓我重新作人。」

　　幽靈的手真的開始顫抖了。

　　「我會真心誠意慶賀聖誕節，心意年年不變。我會謹記見到的『過去』、『現在』和『未來』的一切。牢牢記住來訪的三世幽靈，不會忘了你們給我的教訓。請告訴我，還有機會可以刷掉這塊墓碑上的字嗎？」

　　施顧己驚惶中抓住幽靈的手。幽靈不讓他握住，但施顧己迫切的懇求，緊抓不放。不過對方的力量比他大得多，最後還是把他摔開。

　　施顧己高舉雙手，哀求幽靈改變他的命運。他看到幽靈的頭罩和長袍開始變形，整個漸漸縮小，傾倒下去，化作一根床柱。

　　「好心的幽靈，求你慈悲的心憐憫我，替我求情。
請給我一個機會，能夠改變你給我看到的那些景
象，讓我重新作人。」

5

尾聲

尾聲

不錯！而且是他的床柱。他還在自己床上，在自己房間裏。他最高興的是，時間又是自己的了，可以彌補過去的一切。

「我會記住夢裏過去、現在和未來的一切！」施顧己一邊從床上爬起來，一邊說：「三世幽靈會和我同在！噢，馬立，我真要感謝聖誕節帶給我的恩賜！馬立，這是由衷之言，我跪著向你發誓！」

他的確心存感激，很高興，神情開朗，斷斷續續的話無法充分表達他心中的願望。剛才他向幽靈求情，哭得很激動，臉上淚痕斑斑。

施顧己握著帳幔一角，哭著說：「沒被拆下來，釦環和簾子好好的。帳子還掛著。我也在這裏。未來會發生的事不用怕了。我知道，不會發生了。」

他的手一直撫摩自己的衣服，把內裏翻出來反穿在身上，用力拉，隨處放，又把衣服摺得奇形怪狀。

「我不知道要怎麼辦！」他邊哭邊笑，把長統厚襪纏在身上，弄得像是被蛇纏住的拉奧孔 01。「我覺得像羽毛一樣輕鬆，像天使一樣快活，小學生一樣高興。渾身像喝醉酒一樣昏頭昏腦。恭喜大家聖誕快樂！全世界的人新年愉快！喂！

---

01 拉奧孔為特洛伊城的祭司，因在海神波塞頓的神廟中與妻子交媾而犯下褻瀆之罪。他又警告眾人不要接受希臘人所贈的木馬，最後便被支持希臘人的雅典娜派出兩條海蛇纏身而死。

喂！」

　　他輕鬆地走到客廳，呆呆站著，樂昏了頭。

　　「平底鍋在這裏，還有剩粥呢！」施顧己不斷說話，停不下來，興奮地走到壁爐邊。「這裏是門，馬立就是從這裏進來的！現世鬼就坐在這個角落！我就是從這個窗口看見流浪的鬼魂！現在沒事了，發生的一切都是真的。哈！哈！哈！」

　　說真的，像他那麼多年沒笑過的人，此刻確實笑得很動容，很感人。他一直笑個不停。

　　他又說：「我不知道今天幾號！我不知道和幽靈在一起多久了！我什麼都不知道。我就像個小嬰兒。沒關係，我不在乎。我倒情願是個嬰兒。喂！喂！有人嗎？」

　　這時教堂的鐘聲打斷了他高興的歡呼。他可真沒聽過如此有力的鐘聲。叮！

　　咚！叮！咚！又錘又打又碰。唷！太好了！太棒了！

　　他衝到窗口，打開窗戶，伸出頭去。外面沒有霧氣，一片明亮、愉快、充滿生機。天氣好冷，冷到呼喚著血液跳起舞來。美極了的天空，清爽新鮮的空氣；悅耳的鐘聲。太好了！太美了！

　　「今天幾號？」施顧己遙問院子裏一個穿著週日服裝，可能只是閒晃進來的小孩。

　　「什麼？」小孩回答時滿臉大惑不解。

　　「我是問你，今天幾號？」施顧己重複一遍。

　　「今天？」小孩回他：「今天是聖誕節呀！」

施顧己自言自語著：「聖誕節！那我沒有錯過。幽靈不到一晚上就把一切都告訴我了。它們什麼都做得到，當然是了。喂，小朋友？」

「什麼事？」小孩回答他。

「你知道那邊有家雞鴨店嗎？在過去那條街，轉角那裏？」施顧己問他。

「知道呀！」小孩說。

「好聰明！」施顧己說：「很好！你知不知道他們店裏掛的那隻上等火雞？不是小的那隻，是那隻大的。」

「你是說那隻跟我一樣大的？」小孩問他。

施顧己說：「真有趣的孩子！說話真有意思。不錯，就是那隻大的！」

「現在還掛在那兒呢！」小孩說。

「真的？」施顧己說：「你去替我買下來。」

「少騙人！」小孩大聲說。

施顧己說：「不，不，我說真的。去幫我買下來。告訴他們送到我這裏，我再告訴他們送到哪裏去。你跟送貨的一起回來，我就給你一先令。要是五分鐘內回來，就給你半克朗金幣！」

那孩子飛一般地跑開。就算他的手穩穩扣著扳機，恐怕射出的子彈還沒這孩子一半快呢。

「我要把火雞送到郭拉齊家！」施顧己摩搓著雙手喃喃低語，不時發出笑聲。「他一定不知道是誰送的。那火雞比小提

姆還大上一倍。就算米勒也說不出比這高明的笑話 02。」

　　他在寫郭拉齊的地址時，手有點抖。寫好後，他下樓去開大門等待送貨的人。

　　他站在門邊等候時又看到門環，施顧己伸手摸了一下門環。

　　「我會一輩子好好愛護這門環。以前我看都不看一眼。它表情真是誠懇，的確是個好門環！唔，火雞來了！太好了！你好，你好，聖誕快樂！」

　　這火雞可真大！牠一定沒辦法自己站起來。恐怕站上一下，兩隻腳就要像封印的蠟條一樣折斷了。

　　「太重了，不能提著送過去，」施顧己說：「你要叫輛小馬車。」

　　他說話時、付錢給送貨夥計、車夫和那孩子時的格格笑聲，都比不上他回到房間坐下來後笑到氣都喘不過來，最後還忍不住掉下眼淚。

　　他的手還抖得厲害，這時要刮鬍子可不容易。雖說就算不是邊刮邊跳舞，但還是得專心才行。但這時就算他把鼻尖切掉，他也會貼上一塊膠布，然後心滿意足。

　　接著，他穿上最好的衣服上街。此刻很多人也相繼出門，就像夢中他和現世鬼一起時見到的樣子。施顧己雙手盤在背

02　米勒原名 Joe Miller（1684-1738），是 18 世紀初一個頗受歡迎的喜劇演員，不過格調不高。劇作家 John Mottley 曾把據說是米勒的笑話收集成冊，取名 Joe Miller's Jests: or The Wit's Vade Mecum（1739），該書立刻成為家喻戶曉的詼諧選集。不過，據說米勒並沒說過特別有趣或有創意的笑話。因此，形容來歷不明的笑容時，往往就說是米勒的笑話（Hearn, 166）。

後，看到每個人都覺得愉快。總之，他的樣子如此和藹可親，有四、五個路人對他說：「早安，祝您聖誕快樂！」施顧己後來常說，他一生中聽過最愉快最難忘的聲音，就是那句話。

走沒多遠，迎面而來的竟然就是昨天到他辦公室要求捐款濟貧的那位體面紳士。他記得對方曾說：「我想這裏就是施顧己與馬立公司……」他心中冷了半截，心想見面時老紳士不知會給他什麼臉色看。不過他心中已經決定要怎麼做了。

「親愛的先生，」他加快腳步，上前雙手握住老紳士的手說：「您好。希望您昨天募款順利。謝謝您昨天到我那邊，祝您聖誕快樂！」

「施顧己先生？」

「不錯。我叫施顧己。恐怕您不會太喜歡這名字，請多包涵，您能不能好心……」說到這裏，施顧己靠近他耳邊低聲說話。

「上帝保佑！」老紳士大叫出聲，彷彿突然喘不過氣來。「施顧己先生，你可是當真？」

施顧己說：「您同意的話，一毛也不會少。我向您保證，連過去該付的也包括在內。您能不能這麼做？」

「施顧己先生，」對方說話時，和他猛握手。「我真不知道要如何感謝您這麼慷……」

「請您別提了，」施顧己答道，「就請來我辦公室坐坐，您能過來嗎？」

「當然，當然。」老紳士興奮地說。顯然他一定會去。

「謝謝您，」施顧己說：「我才要感激您呢！真的非常感謝。回頭見。」

接著他到教堂去，再到街上到處轉。看著人群匆匆來去，拍拍小孩的頭，親切問候乞丐，見到許多人家廚房的忙碌景象，以及窗上的裝飾，覺得樣樣新鮮有趣。他從來沒想到，如此漫步欣賞人間百態，竟也如此有趣。到下午，他就轉向外甥家去。

他在門口徘徊了十幾趟，才鼓起勇氣，幾乎是衝上前去敲門。

「你家主人在嗎？」施顧己問道，開門的是個很可愛的女孩。

「在的，先生。」

「在哪兒呢？」施顧己問她。

「他和太太在餐廳裏，先生。我帶您這邊上樓。」

「謝謝你，他認識我。」施顧己邊說，手已握住餐廳的門把，「我自己進去。」

他輕輕打開門，側著探頭進去。房裏的人正欣賞著餐桌上的食物（擺得相當氣派）。年輕的家庭主婦總是講究這些，樣樣都要中規中矩。

「弗列德！」施顧己叫他。

天呀！他的甥媳婦大吃一驚。施顧己忘了她正坐在旁邊的腳凳上。否則他無論如何不會這樣突然闖進來。

「哦，老天！」弗列德驚呼一聲，「看看是誰來了！」

聖誕歌聲

「是我，你舅舅施顧己。我來吃晚飯了，弗列德，我能進來嗎？」

豈止進來！弗列德只差沒把他的手給搖下來。不消幾分鐘，施顧己就像回到家裏一樣，再沒有比這更溫馨的地方了。他甥媳婦還是一樣美麗，剛進門的塔普，還有那胖妹妹，氣色也都很好。總之每個人都很好。好棒的餐會，遊戲也很有趣，事事和諧，真是太高興了。

第二天 03，他一早就到辦公室，真的是一大早。他心裏已經想好要做什麼，他要先到辦公室，逮住遲到的郭拉齊。

他的確遲到了。鐘響九點時，郭拉齊沒來。九點十五分，還是不見人影。直過了十八分又三十秒後他才到。施顧己坐在裏面，開著門，看到他進到「櫃子」那邊。

郭拉齊還沒開門就已取下帽子和圍巾。他迅速坐在位子上，振筆疾書，彷彿要追上已過的九點鐘。

「哈囉！」施顧己盡可能裝出平日的聲調對他咆哮，「你到現在才上班是什麼意思？」

「很抱歉，先生，」郭拉齊說：「我遲到了一點點。」

「是嗎？」施顧己說：「不錯，我想你遲到了。到這邊來一下。」

「先生，一年就這麼一次，」郭拉齊走出「櫃子」，懇求他諒解。「以後不會了。昨天家裏每個人都過得很高興。」

03　也就是 St. Stephen's Day，通稱 Boxing Day。這天雇主通常會給職員獎金（Christmas boxes），以表示感謝終年工作辛勞。英國直到 1871 年才正式將這天當作假日，也就是 Bank Holiday（Hearn, 170）。

第五節　尾聲

　　施顧己對他說：「年輕人，告訴你，我再也受不了你這個樣子。」邊說著邊從座位上一躍而起，在郭拉齊的背心上玩笑似地戳了一下，害他跟蹌退回「櫃子」裏去。「所以呢！我要替你加薪！」

　　郭拉齊怕得開始顫抖，他靠近桌上的尺，突然有個念頭，想拿這來打施顧己，然後抓住他，大聲叫院子裏的人帶著拘束衣來幫忙把他綁起來。

　　「聖誕快樂！」施顧己誠懇的神色絕對錯不了，他在郭拉齊背上拍了拍。「鮑伯，聖誕快樂，好伙伴。過去幾年來我早就該這麼做了！現在我要替你加薪，還要盡量幫助你的家庭。今天下午我們就一邊喝熱甜酒，一邊談這件事。快去把火升起來，先去買筐炭再繼續工作吧。好個郭拉齊！」

　　施顧己沒有食言。他真的出手幫忙，而且幫了大忙。他也幫助小提姆，讓他健康地活下去，還成了他的教父。他整個人脫胎換骨。現在倫敦市民，甚至世上各個大城小鎮的人都知道，他是大家的好朋友、好老闆、老好人。有些人笑他怎麼整個人變了樣，但他不在乎，也不理會。他知道世上不管發生什麼事，起初一定會有人嘲笑。既然知道外人無法瞭解個中緣由，就讓大家瞇眼咧嘴去笑吧，就讓別人覺得他怪里怪氣，只要他自己開心就好。

　　自此以後，他沒再和幽靈打過交道，並堅持滴酒不沾 04。

04　此句中表示幽靈的 spirit 也有酒精之意，是狄更斯玩的雙關語文字遊戲。

後來有人說，就像人人都知道的，施顧己也知道怎麼好好過聖
誕節。但願我們每個人也都如此。最後，就像小提姆說的，願
上帝保佑我們每一個人！

「聖誕快樂！好伙伴。」

參考書目

中譯本

迭更斯著，謝頌羔譯，《三靈》(上海：商務印書館，民國 17 年 6 月初版)，76 頁。

狄更斯著，曾虛白譯，《慳人夢》(出版日期與地點不詳)

英文版參考書目

版本

Dickens, Charles
1954 *A Christmas Carol*, in Christmas Books. Introd. by Eleanor Farjeon (London: Oxford University Press). (New Oxford Illustrated Dickens)(With original illustrations).
1971 *A Christmas Carol*, in The Christmas Books. Ed. with Introduction and Notes by Michael Slater. vol. I(Harmondsworth: Penguin Books).(No illustrations).
1976 *An Annotated Christmas Carol*, Ed. by Patrick Michael Hearn(N.Y.: Crown. The best, with ample notes and illustrations).
1988 *Christmas Books*. Ed. with an Introduction by Ruth Glancy(Oxford: Oxford University Press). (The World's Classics).(With some notes, no illustration).
1993 *A Christmas Carol*, Introd. by John Mortimer (New Haven: Yale University Press).(An original facsimile).

傳記

Ackroyd, Peter
1991 *Dickens*(N.Y.: Harper Collins).
Johnson, Edgar
1952,1977 *Charles Dickens: His Tragedy And Triumph*(Revised &

聖誕歌聲

Abridged. N.Y.: Viking).
Kaplan, Fred
1988   *Dickens: A Biography*(NY: Morrow).

評論

Chesterton, G. K.
1906   *"Dickens and Christmas," in The Dickens Crittics*. Ed. by
George H. Ford & Lauriat Lane, Jr.(Ithaca: Cornell University Press,
1961), pp.122-125.
Collins, Philip ed.
1975   *Charles Dickens: The Public Reading* (Oxford: Clarendon).
Collins, Philip
1969   *"Dickens' Public Reading: the Performer and the Novelist,"*
Studies in The Novel, I(1969), 118-132.
Gilbert, Eliot L.
1975   *"The Ceremony of Innocence: Charles Dickens' A CHRISTMAS
CAROL,"* PMLA(Jan. 1975), 22-31.
Glancy, Ruth
1985   *Dickens' Christmas Stories, And Other Short Fiction: An
Annotated Bibliography* (N.Y.)
Hobsbaum, Philip
1972   *A Reader's Guide to Charles Dickens*(N.Y.: Farrar, Straus &
Girous).
Johnson, Edgar
1952   *"The Christmas Carol and the Economic Man,"* American
Scholar, XXI, 91-98.(本文中以 Johnson II 表示)
Levit, Fred
1989   *A Dickens Glossary*(N.Y.: Garland).
Nelson, Harland S.
1981   *Charles Dickens* (Boston: G. K. Hall. Twayne English Authors
Series).
Page, Norman
1984   *A Dickens Companion*(London: Macmillan).
Schlicke, Paul
1985   *Dickens And Popular Entertainment*(London: Allen & Unwin),
Chapter 7:"Dickens' Public Reading: the Abiding Commitment," 226-
248.

Steig, Michael

1970　*"Dickens' Excremental Vision," Victorion Studies*(March), 339-54.

Thackeray, William

1971　*"Charity and Humor," in Dickens: The Critical Heritage,* ed. by Philip Collins(London: Routledge & Kegan Paul).

聯經經典
聖誕歌聲

1996年12月初版　　　　　　　　　　　　　定價：新臺幣180元
2012年7月二版
有著作權·翻印必究
Printed in Taiwan.

著　　者	狄	更	斯
譯　　者	鄭	永	孝
發 行 人	林	載	爵

出　版　者	聯經出版事業股份有限公司	叢書編輯	程　道　民
地　　址	台北市基隆路一段180號4樓	封面設計	陳　文　德
編輯部地址	台北市基隆路一段180號4樓		
叢書主編電話	(02)87876242轉227		
台北聯經書房	台北市新生南路三段94號		
電話	(02)23620308		
台中分公司	台中市北區健行路321號1樓		
暨門市電話	(04)22371234 ext.5		
郵政劃撥帳戶第	0100559-3號		
郵撥電話	(02)23620308		
印　刷　者	世和印製企業有限公司		
總　經　銷	聯合發行股份有限公司		
發　行　所	台北縣新店市寶橋路235巷6弄6號2F		
電話	(02)29178022		

行政院新聞局出版事業登記證局版臺業字第0130號

本書如有缺頁，破損，倒裝請寄回台北聯經書房更換。　ISBN　978-957-08-3986-9 (平裝)
聯經網址 http://www.linkingbooks.com.tw
電子信箱 e-mail:linking@udngroup.com

國家圖書館出版品預行編目資料

聖誕歌聲 / 狄更斯著；鄭永孝譯 .
--二版 . --臺北市：聯經，2012.05
152面；14.8×21公分 . (聯經經典)
譯自：A Christmas Carol
ISBN　978-957-08-3986-9（平裝）
〔2012年7月二版〕

873.57　　　　　　　　　101006850